Au Pays des Papas 2

par LINKEDIN AND TOWN HALL ACHIEVER OF THE YEAR
NOMINÉ ENTREPRENEUR DE L'ANNÉE ERNST & YOUNG
GRAND HOMMAGE À LYS DIVERSITÉ
WORLD TOP100 DOCTORS

Dr. BAK NGUYEN, DMD

&

WILLIAM BAK

POUR TOUS LES PAPAS À TRAVERS TOUS LES PAYS ET TOUTES LES ÉPOQUES

par Dr BAK NGUYEN & WILLIAM BAK

ISBN: 978-1-989536-95-7

Publié par: Dr BAK PUBLISHING COMPANY
Dr.BAK 0108

AVIS DE NON RESPONSABILITÉ

« L'information générale, les opinions et les conseils contenus dans le présent support et/ou les livres, livres audio, podcast et les publications présentes sur le site web ou les médias sociaux de du Dr. Bak Nguyen (de son vrai nom Ba Khoa Nguyen) (ci-après les « Opinions ») présentent des informations générales sur différents sujets. Les Opinions sont uniquement destinées à des fins d'information.

Aucune information contenue dans les Opinions ne saurait remplacer l'avis d'un expert, une consultation, un conseil, un diagnostic ou un traitement professionnel. Aucune information contenue dans les Opinions ne saurait remplacer l'avis d'un professionnel et ne saurait être interprétée comme une consultation ou un conseil.

Rien dans les Opinions ne doit être interprété comme un conseil professionnel relié à l'exercice de la médecine dentaire, un avis médical ou toute autre forme de conseil, y compris un avis juridique, comptable ou financier, un avis professionnel, un soin ou un diagnostic, mais strictement comme de l'information générale. Toutes les informations contenues dans les avis sont fournies à titre informatif uniquement.

L'utilisateur en désaccord avec les termes du présent Avis doit cesser immédiatement d'utiliser les Opinions ou de s'y référer. Toute action de l'utilisateur en lien avec l'information contenue dans les Opinions n'engage que lui et est à son entière discrétion.

L'information générale contenue dans les Opinions est fournie « telle quelle » et n'est assortie d'aucune garantie, expresse ou implicite. William Bak et le Dr. Bak Nguyen (de son vrai nom Ba Khoa Nguyen) met tout en œuvre afin que l'information soit complète et authentique. Cependant, rien ne garantit que l'information générale contenue dans les Opinions soit toujours disponible, véridique, complète, à jour ou pertinente.

Les Opinions exprimées par le Dr. Bak Nguyen (de son vrai nom Ba Khoa Nguyen) sont personnelles et exprimées en son propre nom et ne reflètent pas les opinions de ses sociétés, partenaires et autres affiliés.

Dr. Bak Nguyen (de son vrai nom Ba Khoa Nguyen) exclut également toute forme de responsabilité pour le contenu auquel renvoient les éventuels hyperliens inclus dans les Opinions.

Demandez toujours l'avis d'un expert, d'un médecin ou d'un autre professionnel qualifié pour toute question relative à votre situation ou condition médicale. Ne négligez jamais l'avis d'un professionnel et ne tardez pas à le demander en raison de ce que vous avez lu, vu ou entendu dans les Opinions. »

À PROPOS DES AUTEURS

Du Canada, le **Dr Bak NGUYEN**, nominé Entrepreneur de l'année Ernst & Young, Grand Hommage à Lys DIVERSITÉ, LinkedIn et TownHall, Achiever of the year et TOP100 docteurs du monde. Le Dr Bak est un dentiste cosmétique, PDG et fondateur de Mdex & Co. Son entreprise révolutionne le domaine dentaire. Conférencier et motivateur, il détient le record du monde d'écriture de 100 livres en 4 années, accumulant de nombreux records mondiaux (à être officialisés). Ses livres couvrent les sujets:

- **ENTREPRENEURSHIP**
- **LEADERSHIP**
- **QUÊTE D'IDENTITÉ**
- **DENTISTERIE ET MÉDECINE**
- **ÉDUCATION DES ENFANTS**
- **LIVRES POUR ENFANTS**
- **PHILOSOPHIE**

En 2003, il a fondé Mdex, une entreprise dentaire sur laquelle, en 2018, il a lancé l'initiative privée la plus ambitieuse afin de réformer l'industrie dentaire à l'échelle du Canada. Philosophe, il a à cœur la quête du bonheur des personnes qui l'entourent, patients et collègues. En 2020, il a lancé une initiative de collaboration internationale nommée les **ALPHAS** pour partager ses connaissances et pour que les entrepreneurs et les professionnels dentaires puissent se relever de la plus grande pandémie et dépression économique des temps modernes.

Ces projets ont permis au Dr Bak d'attirer les intérêts de la communauté internationale et diplomatique. Il est maintenant au centre d'une discussion mondiale sur le bien-être et l'avenir de la profession de la santé. C'est à ce propos qu'il partage ses réflexions et encourage la communauté des professionnels de la santé à partager leurs histoires.

"Ça ne vaut pas la peine de marcher seul! Ensemble, on peut y arriver."

Pour soutenir la créativité et le partage de la sagesse et la croissance personnelle, le Dr Bak dirige également l'avancement de l'Intelligence artificielle chez Emotive Monde Incorporé. En intégrant l'intelligence artificielle, le design et l'édition à son flux de production, Emotive Monde est un leader mondial dans les univers de publication et de production d'histoires et de livres.

Les livres édités sont distribués par Amazon, Barnes & Noble, Apple Livres et Kindle. La société produit aussi des livres audio, nouvellement intégré en format combo pour les achats de copie papiers distribuées par Amazon et Barnes & Noble.

Sous la direction du Dr Bak, Emotive Monde a lancé le protocole Apollo, permettant aux auteurs d'écrire des livres en 24 heures de temps de travail, le protocole Echo, pour produire des livres audio comme celui-ci, et également de créer et de produire des blockbusters de livres audio, **U.A.X.** (Ultimate Audio Experience) en streaming sur Apple Music, Spotify et tous les principaux distributeurs musicaux.

Le Dr Bak, avec son implication dans Emotive Monde, encourage la voix individuelle des auteurs du monde et les aide à atteindre leurs marchés et leur public. Oui, le Dr Bak est un auteur, mais à travers Emotive Monde, il est également une maison d'édition et un studio de production.

Conférencier motivateur et entrepreneur en série, philosophe et auteur, de ses propres mots, le Dr Bak se décrit comme un dentiste par circonstances, un entrepreneur par nature et un communicateur par passion.

Il détient également des distinctions du Parlement canadien et du Sénat canadien.

Du Canada, **William Bak**, est un jeune prodige de 11 ans. À l'âge de 8 ans, il a co-écrit une série de livres pour enfants avec son père, le Dr Bak. Père et fils, ensemble, ils changent le monde, un esprit à la fois, en écrivant des livres pour enfants. William a, jusqu'à présent, co-écrit 28 livres.

Il a co-écrit les 11 livres de poulet en ANGLAIS, puis il a dû les traduire lui-même en FRANÇAIS. C'est ainsi qu'il a 22 livres de poulet. William a également co-écrit 2 livres sur l'éducation des enfants avec son père, **THE BOOK OF LEGENDS** volume 1, 2 et 3. En pleine crise sanitaire mondiale, William a de nouveau joint forces avec son père pour écrit un livre sur la vaccination, cette fois-ci encore, dans les 2 langues, Anglais et Français. Ce livre a aussi été traduit en Espagnol.

En 2022, William a co-écrit avec son père les 2 premiers livres de la nouvelle franchise de 9 livres : LEGENDS OF DESTINY. Il a aussi co-écrit la franchise des contes de Noël, AU PAYS DES PAPAS qui comprend 2 livres. Entre temps, William a aussi écrit son premier livre solo, PAPA J'SUIS PAS CON.

Pour promouvoir ses livres, William a embrassé la scène pour la première fois en 2019 pour parler à une foule de plus de 300 personnes. Depuis, il est apparu dans de nombreuses entrevues pour parler de ses livres et projets à venir.

Au milieu du COVID, il s'est ennuyé et a commencé son YOUTUBE CHANNEL: **GAMEBAK**, passant en revue les jeux vidéo. Fin 2020, il a rejoint les ALPHAS en tant que plus jeune animateur du prochain mouvement mondial, **COVIDCONOMICS**, dans lequel il donnera son point de vue et accueillera les opinions de sa génération.

> "Je vais vous montrer. Je ne vais pas vous forcer.
> Mais je ne vous attendrai pas."
> - William Bak and Dr. Bak

En Écrivant avec son père, William détient des records du monde à officialiser:

- Le plus jeune auteur qui a écrit dans 2 langues
- Co-auteur de 8 livres en un mois
- Le premier enfant à avoir écrit 24 livres pour enfants

Au Pays des Papas 2

par Dr. BAK NGUYEN & WILLIAM BAK

INTRODUCTION

par Dr BAK NGUYEN

On vient de finir **AU PAYS DES PAPAS**, le livre vient d'arriver ce matin sur Apple Books. William avait terminé ses chapitres, il y a déjà 2 semaines et le travail de correction (ou plutôt de réécriture) et d'édition m'ont pris 2 semaines. Je n'ai pas encore terminé, il me reste l'album UAX à terminer (50% est déjà finalisé).

Voilà un bon aperçu de ma carrière d'auteur. Il y a 4 ans, j'écrivais pour le "plaisir", un livre à la fois et chaque chapitre était une victoire. 4 ans plus tard, j'ai appris à éditer, corriger, publier les livres papiers et numériques sur Amazon, Apple Books, Kindle, Barnes & Noble et autres, toujours en gardant la vitesse de mes records mondiaux d'écriture. Écriture, jamais je n'ai encore parlé de records d'édition ni de publication! Imaginez les vrais records de vitesse!

Vous pensez que c'est tout? Détrompez-vous! Grâce aux divers protocoles Alphas, je produis et dirige la production des livres audios en parallèle à l'écriture ayant même réussi le tour de force de faire accepter le format combo livre papier/audio à Amazon et Barnes & Nobles.

Certains titres audios sont aussi distribués par AUDIBLE, le plus gros nom international en termes de livres audio. Mais ce n'était pas encore suffisant. Certain des livres ont été élevé au prochain niveau, en album UAX où les pistes narratives ont été traitées tel qu'un film sans image, avec musique et trame sonore.

Croyez-le ou non, il m'aura fallu 2 ans pour apprendre à publier, 2 ans et demi pour faire accepter le format UAX par les grands noms de la distribution musicale, APPLE MUSIC, SPOTIFY, AMAZON PRIME et autres, et 3 ans pour faire accepter le format COMBO livre papier/livre audio.

Aujourd'hui je porte ces victoires sur mes épaules. En effet, **AU PAYS DES PAPAS**, en plus d'être un livre qui aura été très difficile à compléter, faute de motivation et d'inspiration, est sur la ligne de production intégrale de tous les protocoles Alphas: livre, livre combo, livre audio et album **UAX**.

William a terminé sa partie il y a 2 semaines. Moi, j'en ai encore pour au moins 2 à 3 semaines si je trouve l'espace dans mon horaire de plus en plus encombré.

Il y a 2 semaines, on était à New York pour célébrer la fin de l'écriture d'**AU PAYS DES PAPAS**. On était là-bas pour le lancement de **THE BOOK OF ELVES**, le second volume de **LEGENDS OF DESTINY**. On en a profité pour répondre aux questions de notre prochain livre. En entrevue, William ne s'est pas gêné de dire que les 3 mois d'écriture d'**AU PAYS DES PAPAS** lui ont semblé interminables. Je ne lui reproche rien, j'ai partagé le même sentiment tout au long.

Il y a 2 jours, je venais de recevoir les derniers enregistrements audios du livre et on les a écoutés ensemble, William et moi. Les derniers chapitres étaient tous meilleurs les uns des autres. L'épilogue a couronné le tout avec un grand sentiment de fierté! Pas de libération, mais bien de fierté!

Et bien, j'ai dormi sur cette victoire. Ce matin, je ne pouvais plus me retenir. Alors qu'on avait convenu d'arrêter cette histoire à un livre, l'inspiration de la suite ne m'a pas quitté l'esprit depuis. Et bien, ce matin, en ramenant William à l'école, nous avons convenu d'un nouveau marché: **AU PAYS DES PAPAS 2** pour les transformers qu'il voulait.

Je n'en reviens toujours pas que j'ai poussé pour la production d'**AU PAYS DES PAPAS 2**, qui lui aussi aura le traitement royal: livre, livre audio, combo et album UAX. Avec tout le travail que j'ai déjà, je dois avoir perdu la raison! Ai-je mangé trop de champignons?

Le plus drôle dans cette histoire est que j'ai très hâte d'écrire et de vivre la suite des aventures de William au Pays des Papas!

Ceci est **AU PAYS DES PAPAS 2.** Bienvenu(e) aux Alphas.

Dr BAK NGUYEN

PAPA LASOUPE

ÉPISODE 1

"LE RÉVEIL"

par WILLIAM BAK & Dr BAK NGUYEN

William se réveille. Il est pourtant très fatigué, comme s'il sortait d'une longue aventure ou d'un rêve qui ne finit pas. Il est seul dans un énorme lit king. Il ne se souvient pas d'avoir un aussi grand lit.

Il regarde autour de lui et sa chambre est propre, tous les jouets sont à leur place. Il y a même des modèles de Transformers très rares qu'il ne se souvient pas avoir reçus. Quelque chose est vraiment étrange. C'est trop beau pour être vrai!

D'un côté, il y a des Transformers, pièces de collection qui feraient saliver les plus grands collectionneurs et de l'autre, il voit une ville en Lego avec plusieurs trains électriques qui traversent la ville. Décidément, ceci est encore un rêve! Un très beau rêve, faut-il ajouter.

-Maître William, le déjeuner est prêt! Dit une voix tendre et féminine.

Une belle femme mûre, élancée, entre dans la chambre avec un plateau. William a pris froid et a fait de la fièvre pendant toute la nuit. Il doit maintenant refaire ses forces. William reconnait cette belle présence familière, mais il ne peut se rappeler son nom. Il creuse tellement ses souvenirs que la tête lui fait mal. Enfin, il remarque que la dame porte un porte-nom, son nom est Édith.

Bien sûr, c'est Édith, comment a-t-il pu oublier son nom? Mais Édith est la gouvernante de William dans le premier conte de Noël!!! William n'est pas certain de ce qui lui arrive, a-t-il rêvé ou est-il encore dans un rêve? Rien de tout ceci n'a de sens, mais il se retient pour ne pas perdre les pédales.

Édith installe le plateau sur le lit en prenant soin de vérifier que la fièvre est bel et bien parti. Sa main douce et maternelle caresse le front d'un William perdu. Édith n'a rien vu, elle pense que William est tout simplement encore endormi. Définitivement, il n'y a plus de fièvre.

- Maître William, aujourd'hui, vous restez au lit. J'ai préparé une bonne soupe chaude qui devrait vous redonner vos forces!
- De la soupe? Mais je n'aime pas la soupe!
- Vous n'y avez même pas encore goûtée, c'est une recette de ma grand-mère! Elle fait la meilleure des soupes aux champignons!
- Aux champignons!!!! Non, oh que non...

William panique à ce dernier mot! Ça, il n'a pas oublié! Le mal de ventres, les pètes, les grenades, les papas, les araignées! William aimerait bien se réveiller. En temps normal, il se serait giflé, mais il se souvient que cela ne marche pas. Et même dans un rêve, la gifle fait vraiment mal!

Édith observe un maître William troublé sans comprendre ce qui lui arrive. Elle voit des sueurs apparaître sur son front. Inquiète, elle touche de nouveau le front de William, il est trempé, mais il ne fait pas de fièvre.

- Maître William, mangez un peu et vous vous sentirez mieux, je vous le promets.
- Mais je n'aime vraiment pas la soupe aux champignons!
- Juste une cuillerée, pour moi.

Édith lui sourit tendrement. Édith est tellement gentille et William ne veut pas la blesser. Il ferme les yeux et ouvre la bouche avec beaucoup d'hésitation.

- Wow, c'est vraiment bon!
- Je vous l'ai dit! Maintenant, on ouvre la bouche de nouveau!

Édith n'a pas besoin de répéter. William prend la cuillère et s'attaque à la soupe. Drôle de petit-déjeuner au lit, c'est un véritable régal. Son ventre ne lui fait pas mal, au contraire, il se sent mieux. Ce rêve-ci est un rêve différent et les champignons n'ont pas les mêmes pouvoirs.

Après avoir dévoré la soupe, William se lève pour la salle de bain. Il y a juste un petit problème, il ne sait pas où est la salle de bain. En se grattant la tête, il demande à Édith où est la toilette?

- Vous être à ce point encore endormi, Maître William? Il y a 21 toilettes dans le manoir. La toilette la plus proche est juste à votre droite.

William se lève très gêné. Il sait qu'Édith soupçonne que quelque chose ne tourne pas rond. Il entre dans la salle de bain pour éviter les questions d'Édith. Il commence à la connaître, si elle pense que quelque chose ne tourne pas rond, elle va le mettre au lit pour le reste de la journée!

William ne peut pas courir ce risque. Il disparaît dans la toilette. Il se regarde dans le miroir et se reconnait. Au moins, il y a des choses qui n'ont pas changé. Dieu merci!

Édith le surprend de nouveau avec une brosse à dent avec de la pâte à dent, en attente de William. William ne comprend pas, il ouvre timidement la bouche. Édith commence à lui brosser les dents!

Mais c'est pas vrai! Il a vu ça dans les films de princes et de princesses. Dans ce rêve, est-il un prince? Qui sait, ce serait vraiment super après le dernier rêve au Pays des Papas.

- Édith, suis-je un prince?
- Bien sûr que oui, vous êtes mon petit prince à moi, maître William. Pour ce qu'il s'agit des autres, il faut leur demander. Monsieur Paul, William demande s'il est un prince?

Le major-d'homme Paul passait justement par là. Un homme dans le début de la soixantaine, robuste, fait très carré, s'approche à pas de chasseur. Paul peut paraître très intimidant, surtout aux yeux d'un enfant.

- Madame?
- Monsieur Paul, William veut savoir s'il est un prince?
- Prince ou pas, il a un traitement royal ce matin avec petit-déjeuner au lit et toilettage personnalisée. Je suis sûr que même les Rois ne sont pas aussi bien traités!
- Ne soyez pas jaloux Monsieur Paul, si vous êtes gentil, je vous ferai de la soupe à vous aussi!

William qui suivait la conversation des yeux, a vu Monsieur Paul rougir avant de disparaître. Il est gêné. Et William aussi, il n'a pas l'habitude d'être aussi gâté! Son père n'aurait jamais accepté que quelqu'un lui brosse les dents! Gêné, William reprend sa brosse à dents des mains d'Édith et termine sa toilette tout seul. Édith est fière de son petit prince.

- Édith, où sont mes parents?
- Ils devaient rentrés hier, mais la tempête de neige a cloué leur avion au Canada!
- Au Canada?! Mais on est où?
- Que voulez-vous dire par on est où?
- On est dans quelle ville?
- Mais New York, bien sûr. Vous êtes sûr que vous sentez bien, maître William?

William sait qu'encore une fois, il a trop parlé. Il doit détourner l'attention d'Édith. Il change rapidement de sujet.

- J'ai hâte de voir mes parents.
- Je le sais, ils reviennent toujours avec plein de beaux cadeaux pour vous! Surtout que c'est Noël dans quelques jours.
- Édith, est-ce qu'il vous reste de la soupe aux champignons?

Ces mots dessinent le plus grand sourire sur le beau visage d'Édith. Elle rassure William qu'il y a un gros bol qui l'attend en bas et qu'il doit se dépêcher avant que Monsieur Paul ne le découvre!

Ouf, il a bien esquivé les doutes d'Édith qui est descendu à la cuisine pour réchauffer la soupe. William avait juste peur qu'elle le cloue au lit pour la journée. Où est son père? Il doit retrouver son père et trouver un moyen de sortir de ce rêve!

Avant de pouvoir sortir du rêve, il doit d'abord retrouver son chemin dans cet immense manoir! Il y a des couloirs à ne plus en finir et il y a tellement de portes. Où est la cuisine?

- Je peux vous aider?

William lève la tête et reconnaît un Monsieur Paul qui n'a pas l'air très content.

- Non, je cherchais seulement un nouveau chemin pour aller à la cuisine. Vous devriez venir avec moi, Édith nous attend avec de la bonne soupe!

Au nom d'Édith, le visage de Monsieur Paul change. Il semble moins sérieux tout d'un coup. À l'idée de la soupe, il sourit un peu, mais pas pour très longtemps. William sait qu'il est dans un rêve, mais Monsieur Paul lui rappelle étrangement quelqu'un: Papa Solo!

Après 2 gros bols de soupe, William a besoin de se dégourdir. Il sort à l'arrière du manoir. Il y a un parc qui donne sur l'eau. Après s'être soumis à toutes les exigences d'Édith en terme d'habillement, William finit par pouvoir sortir dans le parc.

Il neige. C'était vraiment magique. Les arbres en blancs, les sapins décorés de lumières, c'est la magie de l'hiver ou plutôt la magie de Noël? William ferme les yeux et lève la tête pour sentir les flocons de neige tomber et fondre sur son visage.

C'est tout un sentiment de liberté et de bien-être. Un rêve bien différent du dernier avec les Papas, Papa Grognon, Senfout, Baveux et Solo. Hush aurait bien aimé courir dans ce parc immense, elle aurait chassé toutes les araignées par elle-même… En pleine rêverie et souvenirs, l'inévitable se produit: William sent l'effet des champignons monté, une fois de plus.

Ses gaz, involontairement relâchés, se dissipent rapidement dans la nature. Il n'y a personne autour cette fois c'est sans conséquence. Et William se fait tirer de sa rêverie par une boule de neige en plein visage!

- Touché!

Surpris, William se retourne mais ne voit personne. Qui lui a lancé cette boule de neige en plein visage? William est vraiment tout seul dans cet immense parc. Mais où sont les autres enfants?

Il explore les grandes allées du parc pour retrouver celui ou celle qui lui a lancé cette boule de neige. William entend un rire éloigné. Il se retourne et boom! Il mange de nouveau une boule de neige en plein visage. Cette fois-ci, il avait la bouche ouverte et la neige lui est rentrée jusqu'au fond de la gorge!

- C'est dégoûtant! Attends, je vais t'en faire manger, moi, de la neige! C'est toi qui l'auras cherché!

William secoue la neige rapidement et lui aussi, s'arme de boules de neige, une dans chaque main. Mais il ne voit toujours personne! Il continue à faire le tour des arbres. Enfin, il aperçoit une ombre dans le bois. Il s'approche à pas très légers. Cette fois, c'est à son tour de surprendre.

Il s'approche et, dès qu'il est à portée de tire, il lance de toutes ses forces les 2 boules de neiges qu'i avait préparées. En plein dans le mille! William a lancé les boules de neige et a touché juste, en plein visage. Il ne sait juste pas qui les a mangées. C'est un Monsieur Paul très mécontent qu'il voit s'essuyer et se remettre de sa surprise!

– Qui a fait ça? Hurle un Monsieur Paul, la hache à la main.

William s'est caché. Heureusement, il est plus rapide que Monsieur Paul qui ne l'a pas vu. Pour dire vrai, Monsieur Paul fait peur à William. Il n'a pas l'air très amical, il n'a pas la tendresse d'Édith et il peut être très intimidant.

William, à pas de chat, marche vers la maison pour trouver refuge et échapper à la colère de Monsieur Paul. Il traverse le parc incognito. Juste avant d'entrer par la porte arrière, il entend un rire moqueur. Il se retourne et mange une 3e boule de neige en plein visage. Cette fois, le coup est si violent qu'il tombe sur ses fesses.

William se relève promptement. Cette fois-ci, c'est trop, il est fâché!

- **Qui a lancé cette boule de neige?**

Est-ce que c'est Paul qui s'est vengé? Il se retourne et voit Monsieur Paul ouvrir la porte de la maison derrière lui.

- **Toi aussi, ils t'ont eu? Demande Monsieur Paul d'un ton très, très sérieux.**
- **Mais qui fait ça?**
- **Sûrement les gamins du voisinage. Et moi qui croyais que les gamins de riches étaient bien éduqués! Allez Maître William, entrez avant de prendre froid.**

William ne savait que penser. Est-ce Monsieur Paul se payait sa tête ou y avait-il quelqu'un d'autre dans le parc? William a pourtant entendu de façon très distincte un rire baveux... Non, ce n'est pas possible. C'est impossible, mais, est-ce que ça pour être Papa Baveux? C'est pourtant un tout autre rêve!

William n'a pas beaucoup de temps pour se poser plus de questions, il reconnaît le gros rire chaleureux qui vient d'entrer dans la maison. C'est Grand-Papa! William court se jeter dans les bras de son Grand-Papa favori!

Après une longue après-midi au magasin de jouets et des sacs remplis de cadeaux, William a mangé plus de pointes de pizza au fromage que son ventre pouvait accommoder. Grand-Papa et lui ont fait une compétition pour savoir qui mangerait le plus de pizzas. Ils ont tous les 2 poussé la notes trop loin et se sont endormis devant le foyer à rire en ayant mal au ventre!

Ce sont finalement les jappements de Hush qui tirent William de son sommeil. Il se sent très coincé, comme si on le collait ce partout. Grand-Papa le serrait dans ces bras, mais une fois e feu éteint, il le serrait encore plus fort pour le garder au chaud. William tourne la tête en revenant à la vie et il voit d'autres bras le serrer, beaucoup, beaucoup d'autres bras. Il se réveille en sursaut.

Ce sont les Papas Solo, Senfout, Grognon et Baveux, tous collés à lui et son Grand-Papa qui dorment et ronflent. Hush jappe et lui souhaite le bonjour en se faisant aller joyeusement la queue.

- Hush, tu m'as tellement manquée, commence William! Tu ne parles pas dans ce rêve?

Et pour réponse, il ne reçoit que des jappements et les ronflements des Papas. William se doutait bien qu'il a entendu les rires moqueurs de Papa Baveux hier dans le parc. Il s'approche silencieusement de Baveux et le tire doucement vers la table du salon où un verre d'eau était déposé.

William a bien préparé son coup. À 3, il crie TIMBER dans les oreilles de Baveux qui se réveille en sursaut. Dans sa surprise, Baveux accroche du pied la table et fait tomber le verre d'eau froid. Il reçoit toute l'eau sur le visage!

- Bon matin, crie un William très satisfait de s'être vengé de Baveux.

Tout le monde aurait cru que le cri de Papa Baveux a réveillé tous les autres Papas, mais non, ce sont les hurlements d'Édith qui ont mis tous les Papas sur pieds!

De la cuisine, Édith criait à plein poumon. Tous se sont précipités à son secours.

Ceci est **AU PAYS DES PAPAS 2.** Bienvenu(e) aux Alphas.

Dr BAK NGUYEN

ÉPISODE 2
"L'INVASION"
par WILLIAM BAK & Dr BAK NGUYEN

Dans la cuisine, ils trouvent Édith terrifiée, debout sur le comptoir, une casserole à la main à se défendre toute seule contre l'armée d'araignées. Certaines étaient géantes, mais la plupart des araignées étaient de taille plutôt normale.

Papas Senfout et So o sont les premiers arrivés. Ils voient l'armée d'araignées et ils ont maintenant l'habitude de combattre cette armée. Hache et rame à la main, ils foncent tête première, en criant à plein poumon, comme au Pays des Papas… mais ils ont oublié qu'ils sont maintenant dans un autre monde, ils n'ont ni leur hache ni leur rame.

Cela a fonctionné pour un instant, mais les araignées ont rapidement repris leur esprit et se sont retournés pour leur faire face! Les morsures d'araignées, ça fait vraiment mal!

Alors que Senfout et Solo se battent à mains nues, Papa Baveux, Grognon et Lalune arrivent avec Hush. Ils foncent contre les araignées géantes qui entouraient d'Édith. Baveux les frappe la planche à couper qu'il a trouvée par terre. Grognon les frappe à la tête avec ses poings. Lalune, tire avec son lance-pierre. Oui, Papa Lalune a pensé à venir avec ses outils!

De l'autre côté de la cuisine, William, Grand-Papa et Papa Lavoix sont arrivés en même temps que Paul, le major-d'homme. Paul était en pyjama et en pantoufles, mais il était préparé avec un bâton de baseball en main. Il dormait quand il a entendu le cri d'Édith et il est descendu tout de suite.

William et Grand-Papa piétinent le plus grand nombre d'araignées possible, mais elles sont si nombreuses. Papa Lavoix est encore traumatisé de sa dernière rencontre avec les araignées, il grimpe sur le comptoir et s'accroche à Édith. C'était la confusion la plus totale!

Papa Lavoix a rejoint Édith debout sur le comptoir. Édith criait fort, mais ce n'était rien comparé aux cris d'un Papa Lavoix en panique! Ils ont attiré l'attention de toutes les araignées, surtout d'une araignée géante qui semblait être le leader.

Un grand nombre d'araignées convergent vers le principal point d'intérêt. Si Lavoix est aussi bruyant que savoureux, ce sera une véritable festin! Paul a vu les araignées accourir vers Édith. L'araignée géante est passé juste devant lui. Il voit Édith terrifiée, il voit William et Grand-Papa qui se battent de leur mieux. Il voit une bande de vieux lutins détruire le manoir. Paul voyait tout cela au ralenti dans sa tête.

Il serre la manche de son bâton de baseball, prend un grand élan et frappe un coup de circuit avec l'araignée géante devant lui. L'araignée s'est envolée sur l'impact. C'était vraiment un coup de circuit comme au baseball, l'araignée a traversé le verre double de la grande porte patio sans s'arrêter. L'énorme vacarme a fait tourner toutes les têtes.

Tous voyaient maintenant l'énorme trou laissé dans la porte. Derrière, on pouvait voir une grande ville avec beaucoup, beaucoup de lumières. Sans perdre un seul moment, toutes les araignées ont convergé vers l'ouverture et ont disparu dans la grande ville, dans New York city!

Mais d'où viennent toutes ses araignées? Et d'où viennent les papas? William n'y comprend plus rien. Il sait qu'il s'est réveillé dans un autre monde, mais comment les papas et les araignées ont traversé dans celui-ci?

Il regarde autour de lui, c'est le bordel le plus complet. La cuisine est complètement détruite par les Papas qui chassaient les araignées. Oui, ce sont les papas qui ont tout démoli sur leur passage derrière les araignées.

William regarde autour de lui, encore très secoué par ce qui venait d'arriver. Il y avait bien sûr le trou géant dans la porte patio, mais il y avait aussi des trous partout dans le manoir, les Papas se sont très bien battus. Tous, sauf Lavoix qui refuse toujours de lâcher son étreinte d'Édith. C'est finalement Paul qui réussit à le détacher, non sans beaucoup de misère.

Papa Grognon et Lalune suivent Hush en direction de la ville, à la poursuite des araignées. William leur crie d'arrêter, mais ils ne l'entendent pas. Ils traversent la porte. Hush saute sans problème à travers le trou. Papa Lalune, plus petit et agile, saute au travers du trou comme Hush.

Grognon court et se lance lui aussi. Il est plus gros que Lalune et n'a pas la force de propulsion de Paul. Il saute sur la porte. C'est un verre trempé double pare-balle et anti-ouragan qui protégeait le manoir. Grognon s'écrase visage premier contre la porte qui ne cède pas. Il est sonné par l'impact.

Senfout et Solo sont étalés par terre, ils ont tous deux perdu connaissances sous les morsures d'araignées. Senfout s'est tellement fait mordre qu'il a les fesses enflées et Solo, se sont ses mains qui ont enflé.

Parmi les Papas, il ne restait que Baveux qui se tenait en vainqueur. Il se retourne fièrement et regarde la belle dame qu'il a délivrée. Il croise le regard d'Édith pour la première fois. Il sent son coeur battre très fort, il sent la chaleur l'envahir et ses joues devenir très, très rouge! Il a tellement chaud qu'il y a de la fumée qui lui sort par les oreilles.

La fumée a suffi pour déclencher le système de gicleurs et rapidement, il pleut dans le manoir. L'eau a ramené la paix et les Papas à la vie.

Senfout est le dernier qui s'est réveillé. Décidément, les morsures d'araignées sont plus mauvaises ici qu'au Pays des Papas! Il voit tout flou. Il sent une main douce lui laver le visage avec une serviette tiède.

Le visage se dessine tranquillement devant ses yeux. Ces traits harmonieux, cette douceur royale, Senfout en a une larme à l'oeil. Lui aussi a le coeur qui bat vite et sent que de la fumée va bientôt lui sortir par les oreilles.

C'est un seau d'eau froid qui coupe court à son ascension. Paul l'a vu du coin de l'oeil, il n'est pas question qu'il laisse ce lutin déclencher de nouveau une nouvelle inondation du système d'incendie. Il en a déjà pour une semaine à tout nettoyer avant de reconstruire!

- On doit aller arrêter les araignées et retrouver Hush et Papa Lalune, commence William.
- Oh que non, répond Édith, il est tard et personne ne sortira du manoir cette nuit.
- Mais Édith, reprend William, les araignées vont attaquer la ville et ils vont la détruire!
- Ce ne sont pas les araignées qui vont détruire la ville, mais ces foutus vieux lutins, lance sarcastiquement Paul, le balai à la main.
- Qui appelles-tu vieux lutin, vieux grincheux, rétorque Senfout?
- Tu vois ce balai, je peux m'en servir pour tout nettoyer, tout! Lance Paul, très, très irrité.

Il n'en a pas fallu davantage pour mettre le feu de nouveau à la poudre. Senfout saute sur Paul pour défendre son honneur. Paul est grand et fort, Senfout est petit, gros, mais très agile. Sa force est son gros caractère. C'est un combat de titan qui se préparait.

- Assez! Crie Grand-Papa. Paul, continuez à nettoyer, on a assez fait de dégât comme ça pour aujourd'hui. Et vous, petits... papas. Vous allez vous tenir tranquille dans cette maison.

Senfout se retourne et n'avait aucun problème à montrer à Grand-Papa qu'il ne recevait des ordres de personne, personne! Mais derrière, il voit le regard inquiet de la belle Édith. Il se retient.

- Si c'est comme ça, je m'en vais! Lance Senfout. Je vais retrouver Lalune et Hush et on va arrêter les araignées. Solo, Grognon, Baveux, vous venez?
- Et moi alors, lance Lavoix d'une voix tremblante.
- Toi, tu peux rester ici, tu ne sers à rien face aux araignées, répond Senfout d'une voix ferme et autoritaire.
- Mais pour qui tu te prends, reprend Lavoix, décidément blessé par les propos de Senfout.

En temps normal, Papa Lavoix n'aurait rien répliqué, mais Édith regardait toute la scène et il n'est pas question qu'il se laisse marcher sur les pieds. Toute l'agressivité refoulée de l'attaque des araignées, remonte sur le visage de Lavoix qui ne perd un instant pour sauter sur Senfout et le rouler de coups de poings. Senfout ne demandait rien de plus, lui aussi en avait gros sur le coeur.

C'est finalement Paul qui les séparent. Il tient chaque lutin par le collet, un dans la main gauche et l'autre, dans la droite. Oui, Paul est vraiment fort, très, très fort. Il se dirige vers la porte et les jette dehors.

- Et restez dehors tant que vous vous ne serez pas calmés, leur crie Paul!
- Hey vous, commence Solo, vous êtes peut-être fort, mais ce n'est pas une façon de parler au monde! Viens Grognon, on s'en va. On n'est pas le bienvenu ici.

Un peu déconcertés, les papas rejoignent Senfout et Lavoix dehors. Ils ne sont pas les bienvenus ici. Ça, c'est très clair. La tête basse, ils quittent.

- Non, mais où vous allez, demande William très inquiet?
- On va retrouver Hush et on va trouver une façon d'arrêter les araignées. Ne t'inquiète pas petit, on n'en est pas à nos premières armes, dit Grognon d'un ton calme, mais très déterminé.

William est déchiré, il ne sait que répondre. Il voit ses amis divisés et Hush parti. Il aurait bien voulu les suivre, mais avec Grand-Papa, Édith et Paul, cela n'arrivera pas.

- Grand-Papa, je dois aller retrouver Hush, lance William.
- Je comprends mon petit, répond Grand-Papa avec sa tendresse habituelle. Je vais avertir la police et demain, quand il fera jour, on ira la chercher ensemble dans la ville. C'est promis!

William regarde les papas Senfout, Grognon, Solo et Lavoix s'éloigner. Grand-Papa est à ses côtés. Édith qui a repris ses esprits leur demande de rentrer pour ne pas attraper froid. Paul bloque la porte avec une grande planche de bois pour la nuit.

- Pissss, petit, réveille-toi!

Pas besoin de se réveiller, William ne dormait pas! Il est rentré dans son lit tout habillé et attendait sagement que tout le monde dorme pour s'échapper et aller retrouver

Hush et les papas dans la ville. Et bien, il y en a un qui a pensé à lui!

Baveux est resté très discret dans la foulée des dernières disputes. Il ne voulait pas laisser William derrière, mais il ne voulait pas non plus perdre son temps à argumenter avec le major-d'homme costaud et malcommode.

- Et comment on va les retrouver, demande William?
- Ce sont des Papas, non? Avec Solo et Senfout, on n'aura qu'à suivre les dégâts laissés en chemin, répond Baveux mi-sérieux, mi-farceur.
- Tu as raison, allons-y. Et les araignées? Comment on va les arrêter, demande William?
- Une chose à la fois. Je suis Papa Baveux, pas Intello!

**

Hush est partie avec Papa Lalune. Elle n'a pas peur de la ville. Oui, New York est une grande ville et il y a tellement de choses à voir. Il y a tellement de gens, de voitures, d'activités, par où commencer? Et elle a le Papa parfait pour compagnon, Papa Lalune, le plus gentil des papas! Elle se tourne vers papa Lalune et lui propose de commencer par Time Square, le quartier le plus huppé de la ville.

- ...
- Je ne comprends pas ce que tu veux Hush. Tu as faim? Demande Lalune.

Elle se rappelle finalement qu'ici, elle ne peut pas parler, elle ne peut que japper! Ça va être plus difficile qu'elle ne le croyait. Elle renifle et essaie de trouver une trace, un indice.

Papa Lalune regarde Hush tourner en rond. Il ne connait pas cette ville, mais lui, commence à avoir faim! Hush sent quelque chose, il y a une odeur. Elle suit cette nouvelle piste. Lalune aussi sent l'odeur, il rejoint rapidement Hush. Tous les 2 arrivent finalement à un kiosque ambulant de Hot Dog et d'arachides. Ça, c'est un des charmes de la ville de New York, il y a des kiosques de nourriture à portée de la main.

Lalune demande une portion. Hush le regarde d'un air supplieur. Il demande une portion pour Hush aussi. Il n'a pas encore reçu la 2e portion, qu'il entend des voix très familières. Ce sont les voix de Grognon, Solo, Senfout et Lavoix qui se disputent pour savoir qui est le chef!

- Hey, les amis, lance Lalune, vous nous avez trouvés!
- Je vous avais dis de me suivre, rétorque Senfout, je connais le chemin!
- Bah, tu n'as suivi que l'odeur appétissante de la nourriture, conclut Grognon. En passant, c'est quoi cette nourriture, ça sent vraiment bon?
- Ils appellent ça un Hot Dog, répond Lalune. Tu en veux un?
- Absolument, affirme Grognon. 2 pour moi s'il-vous-plaît!
- Et pour moi aussi, ajoute Solo!

Nul besoin de vous conter la suite. Tous les papas et Hush ont chacun pris 2 Hot Dog!

- Mais pourquoi ils appelle ça un Hot Dog, laisse échapper Solo entre 2 bouchées, ça ne ressemble en rien à un chien?
- Un chien? Tu ne veux pas dire qu'on est en train de manger un chien, crache en panique Lavoix?
- Je ne crois pas. Ils appellent ça vraiment chien chaud! Mais je ne crois pas qu'on mange des chiens...

Hush ne pouvait pas parler, mais elle suivait toute la conversation. Au mot chien, elle s'est étouffée!

- Grognon, tu peux l'aider? Demande Senfout. Je ne suis pas très bon avec les chiers. Sauf pour manger ces Hot Dog!
- Messieurs, dit finalement l'homme qui faisait cuir les Hot Dog, n'ayez crainte, vous ne manger pas de chiens. C'est 100% boeuf, produit de première qualité venu d'Allemagne! Ça va faire 85 $ avec les sodas!
- 85 $, reprennent Grognon et Senfout à unisson?
- Oui, il faut payer vos Hot Dog! Ce n'est pas gratuit!
- C'est quoi payer? Demande innocemment Solo?
- Assez déconner. Vous payez ou j'appelle la police, lance le vendeur dans un ultimatum.

Au mot police, les Papas ont compris. Au Pays des Papas, il n'y a pas d'argent et si quelqu'un nous invite à manger, on le fait avec plaisir! Ici, à New York, on dirait que les meurs sont différentes! Mais Police veut dire la même chose ici qu'au Pays des Papas. Ils vont venir avec des bâtons pour faire la loi! Ce n'est jamais très drôle avec la Police!

- Appelle-là ta police, rétorque un Papa Solo très agacé, je vais leur montrer de quel bois je me chauffe!
- Oui, on n'a pas peur de la Police, renforce Senfout. Entre temps, est-ce que je peux avoir un autre Hot Dog s'il-vous-plaît?
- Mais je rêve! Soupire le vendeur. Ce n'est définitivement pas sa meilleure soirée!

C'est à ce moment que William et Papa Baveux les rejoignent.

- Humm, c'est quoi? Lance Baveux très curieux, ça sent tellement bon!
- Ils appellent ça des Hot Dog, répond Lavoix. Ça vient de l'Allemagne, produit de première qualité et même si on appelle ça des Hot Dog, ce n'est pas de la viande de chien! C'est bien ça?
- Oui, mais ça ne change pas que vous devez me payer tout de suite ou j'appelle la police.
- La police? On n'a pas besoin de police, reprend Baveux. William appelle ton homme fort, celui qui a mis Senfout et Lavoix K.O. avec seulement une main! Si tu as des problèmes petits, on a l'homme qu'il te faut! Entre temps, tu me fais 2 de tes délicieux Hot Dog s'il-te-plaît?
- Certainement, si vous payer avant, relance le vendeur!
- Tu te fous de ma gueule! Lance un Senfout qui perd les pédales! Je vais te faire ravaler tes mots!

Et Senfout saute sur le pauvre vendeur et le roule de coups de poing. Cela a pris tout le monde par surprise! Les autres papas sautent sur Senfout pour l'immobiliser. Il n'est pas du tout dans sa peau.

- À l'aide! Au voleur! Crie le vendeur en fuyant.
- Allez, on file avant que la Police n'arrive, lance Grognon, on n'a pas de temps à perdre. Je vous rappelle qu'on a les araignées à attraper!
- Tu as raison Grognon, ajoute Solo. Allez, on y va. Hush, trouve la piste des araignées et ouvre la marche. On te suit!

Hush repère une nouvelle piste. Avant même qu'elle n'ait eu le temps de japper, 2 policiers arrivent en voiture de patrouille pour les intercepter!

Et c'est recommencé, ils courent pour fuir, encore plus vite que si c'était l'armée des araignées qui les poursuivaient! Solo, Senfout, Grognon, Lavoix, Lalune, Hush et William. Et Baveux? Il voulait une dernière saucisse avant de les rejoindre!

Ce dernier Hot Dog, il l'a mangé en compagnie des 2 policiers. Il ne lui ont pas laissé le temps de finir sa saucisse. Ils l'ont jeté par terre et l'ont menotté. Ce n'est pas bien grave, Baveux en avait encore la bouche pleine et cela a donné le temps aux autres de fuir!

Ceci est **AU PAYS DES PAPAS 2.** Bienvenu(e) aux Alphas.

Dr BAK NGUYEN

PAPA LALUNE

ÉPISODE 3

"NEW YORK CITY"

par WILLIAM BAK & Dr BAK NGUYEN

Premier arrêt, l'île de la Statue de la Liberté! Comment Hush a conclu que les araignées sont parties pour l'île de la Liberté est un mystère pour tous. Puisque Hush ne peut parler dans ce monde, ils ne peuvent que comprendre qu'ils doivent prendre le bateau vers la grande Statue verte. C'est peut-être le Grimbal de ce monde?

- Ah non, commence Solo, ne comptez pas sur moi pour vous faire traverser. Un, je n'ai pas de barque; deux, je n'ai pas de rame; trois, le courant est beaucoup plus fort que sur le lac; et quatre, vous êtes trop nombreux!

Personne n'avait encore dit un seul mot et Solo a répondu de façon plutôt agressive. Il est malcommode, ça tout le monde le savait, mais agressif, ça, c'est nouveau!

- Pas besoin de ramer, reprend William, regardez ce que j'ai trouvé!
- Wow petit, rétorque Senfout. Il faut dire que tu as le flair pour trouver le plus petits embarquements possible. Comment est-ce qu'on va tous entrer dans ce tout petit bateau, c'est encore plus petit que le vaisseau secours des Papas Teks!? Et ça, c'est déjà à considérer que Baveux n'est pas avec nous!
- Oui, je n'en reviens pas qu'il s'est fait attraper pour une saucisse, ajoute Lalune.

- Mais il faut le dire, dit Lavoix, les saucisses étaient divines! Tu penses qu'on pourra revenir là-bas?
- Idiot, commence Grognon, tu penses vraiment que tu auras des saucisses après ce qui s'est passé là-bas!? On n'est pas ici pour ça! Il faut arrêter les araignées avant qu'elles ne s'en prennent à la ville!
- Et qu'est-ce qu'on fait quand on trouve les araignées, demande William?
- Je ne voulais pas te le dire plus tôt, répond Grognon avec une petite gêne, mais j'ai encore quelques champignons dans le fond de ma poche. Tiens, tu pourras t'en servir!
- Oh non, s'écrie William, pas des champignons!!!
- Je sais, reprend Grognon, mais tu as une meilleure idée?

Juste alors qu'ils sont en train de discuter d'un plan d'attaque plus ou moins improvisé, ils entendent des sirènes des autos patrouilles s'approcher dans leur direction. La police les a retrouvés!

Grognon pousse William dans la petite embarcation, Lalune et Solo étaient déjà à bord. Ils n'ont pas de temps à perdre. Grognon crie à William, à Lalune et à Solo de se cacher.

Sur la rive, Grognon fait signe à Hush de le suivre. Ils courent dans la direction contraire en criant pour attirer l'attention de la Police. Senfout pince Lavoix, son cri attire l'attention de la Police qui braque leurs phares vers le petit groupe de lutins qui suivent le petit chien.

- Remuez-vous, crie Grognon, maintenant qu'on a l'attention de la police, il faut la semer!

Ce sont 3 papas qui courent à vive allure vers l'intérieur de la ville, une fois de plus. C'est Hush qui ouvrait la voie. Grognon suivait de son mieux, il sait qu'il faut donner une chance à William, si quelqu'un peut résoudre ce mystère, c'est bien lui.

Lavoix, lui, n'a jamais couru autant ni aussi vite de toute sa vie. Il n'a pas idée de pourquoi il court ni vers où. Tout ce qu'il sait, c'est qu'il doit courir plus vite que Senfout qui le tape sur la tête à chaque fois qu'il le rattrape. Une chance que Lavoix est moins gros que Senfout!

Et Senfout, il se gratte la tête en courant, pourquoi aller vers la ville? N'y a-t-il pas plus de policiers à l'intérieur de la ville? Mais bon, ce n'est pas lui qui dirige.

Ensemble, les 3 papas arrivent presqu'à rattraper Hush! Mais aussi vite qu'ils pouvaient courir, leurs jambes courtes ne sont pas à la hauteur pour se mesurer aux autos patrouilles.

Senfout en poussant Lavoix à suivre la cadence, passe devant une grande fenêtre illuminée. Il s'arrête et regarde à l'intérieur. Il voit une forêt. Il y a 2 chasseurs, des ours, des orignaux et même une barque. Le seul point curieux, c'est que personne ne bouge.

- Je pense qu'eux aussi ont été mordus par des araignées, dit tout haut Senfout. Au moins, dans la forêt, on aura plus de chance de semer la police que dans les rues de cette ville! Hey, Grognon, Lavoix, Hush, je sais où sont les araignées! Suivez-moi!

Grognon n'a entendu que "suivez-moi", Hush était trop en avant pour entendre Senfout. Lavoix, lui n'a rien compris, même s'il a tout entendu. Grognon crie à Lavoix de suivre Senfout, lui, il va rattraper Hush et ils vont les rejoindre!

***

Alors que Hush et Grognon ont réussi à éloigner les autos patrouilles, William, Solo et Lalune cherchent encore comment faire marcher le petit bateau.

- Comment on fait marcher ce truc, demande Solo? Il n'y a même pas de rame!
- J'ai déjà vu ça dans les films, commence William, il faut juste trouver le bouton de démarrage.
- Tu veux dire le bouton rouge, pointe Lalune?
- Non, ça ne peut-être aussi facile que ça, répond Solo, cherche s'il n'y a pas un autre bouton.
- Et à quoi il sert, le bouton rouge, lance Lalune?
- Dans le vaisseau des Papas Tek, rétorque Solo, c'était le bouton qui a failli nous tuer. Alors tu ne touches pas à ce bouton, s'il-te-plaît!

Alors que Solo était menaçant et très intimidant, les poings fermés, collé sur un Papa Lalune terrifié, William a finalement trouver le bouton démarrage. C'était une clé à tourner. Qui l'a laissée là, ça c'est une toute autre histoire.

La petite embarcation est finalement en marche, il faut juste tourner le volant pour la diriger vers la Grande version féminine de Grimbal en vert. William était bien content d'être derrière le volant. Son père ne l'aurait jamais laissé conduire s'il était ici. Son père?! Il n'y a pas un instant à perdre, il doit retrouver le Dr Bak et quitter ce rêve avant qu'il ne soit trop tard.

Grimbal leur avait dit que personne n'a quitté le Pays des Papas après plus de 3 jours. Cela fait déjà 2 jours. William n'a que jusqu'au prochain couché du Soleil pour trouver Dr Bak, pour arrêter les araignées et pour repartir vers son monde.

William est déterminé à faire tout ça, avant le prochain couché du soleil.

- Hey, petit, tu t'en tires bien, lance Solo étonné! Laisse-moi, je veux essayer.
- Non, rétorque William, ici, c'est moi qui conduis!
- Mais on ne va pas assez vite, crie Solo. Je vais te montrer, tasse-toi!
- Je t'ai dit que c'est moi qui conduit, commence à crier William.
- Et mon poing, tu le veux sur le visage, lance Solo très irrité?
- Regardez, murmure Lalune. Qu'est-ce que c'est?

William et Solo étaient trop occupés pour prêter attention à papa Lalune.

- **C'est quoi devant nous, finit par crier Lalune?**

William et Solo regardent dans la direction pointée par Lalune, de plus en plus inquiet. Il y avait une sorte de mouvement dans l'eau, comme une spirale qui tourne et change la forme du courant.

- **C'est un tourbillon, crie Solo! Il faut faire demi-tour, si on s'approche trop près, on va être avalé par le tourbillon!**

Solo prend le volant et essaie de faire demi-tour, aussi rapidement qu'il ne le peut, mais le courant est trop fort et il commence déjà à tirer le bateau vers lui.

William regarde la scène. Il voit tout au ralenti, c'est tout comme l'écrasement du vaisseau secours. C'est du déjà vu. Il voit papa Solo qui tourne le volant dans le vide et la panique dans ses yeux. Il voit papa Lalune, les yeux fermés, lui ne sait pas nager. Qu'est-ce qu'ils ont à perdre?

Avec détermination, William appuie sur le fameux bouton rouge! Il ne sait à quoi s'attendre, mais c'est leur dernière chance.

Lalune et Solo ont suivi le tout au ralenti. Ils ont vu William les regarder, penser et appuyer sur le fameux bouton rouge. Est-ce qu'il y aura des parachutes qui vont sortir et les faire voler? Est-ce qu'il y aura un boost et le moteur va les propulser hors des griffes du tourbillon? Ou seront-ils éjectés hors du bateau et se réveilleront sur le bord de l'eau, sains et saufs? Chacun avait son espoir.

Et bien, rien n'est arrivé. Rien du tout. Pas de parachutes, pas de boost, pas d'éjection. On n'entendait plus rien! En fait, c'est ça que William a fait. Il a coupé les moteurs!!!

William a vu sa vision au ralenti s'accélérer au fur et à mesure que le bateau est avalé par le tourbillon. Il voit Solo en panique, trop effrayé pour être fâché. Il voit Lalune tourner, les yeux toujours fermés, mais maintenant, la bouche ouverte.

Ça tourne et tourne de plus en plus vite. Ça tourne tellement vite que les visages de Solo et Lalune commencent à ne faire qu'un… et ça tourne encore plus vite.

***

Senfout a dû briser la vitre pour entrer dans la forêt. C'est bien une magie étrange qui garde les gens et les animaux inertes. Le champ de force était épais, mais il a trouvé une roche et a réussi à faire une ouverture, non pas sans beaucoup d'éclats.

À l'intérieur, la forêt est très étrange. c'est comme rentré dans une caverne géante avec des fleurs, des couleurs et beaucoup, beaucoup de rayons. Pas beaucoup d'arbres, mais un labyrinthe ouvert. Senfout entre à pas prudents. Il ne veut surtout pas tomber dans un piège tendu par les araignées.

Il pose un pied devant l'autre et évite de marcher sur les lignes du sol. C'est alors qu'il est poussé par terre! Lavoix lui est rentré dedans en voulant le suivre.

- Espèce d'imbécile, lance Senfout! Tu vas alerter les araignées!

Mais c'est un papa Lalune ébloui par la beauté des lieux qui ne l'écoute plus. Les fleurs, les couleurs, cette grotte est tellement belle!

- M-A-C-Y-S, murmure Lavoix. Cette grotte s'appelle MACYS!
- Et comment tu sais ça, lance Senfout?
- Parce que c'est écrit partout!

Effectivement, MACYS était écrit partout. Senfout et Lavoix avaient bien des questions à poser, mais le bruit des autos patrouilles ont coupé court à leur rêverie. Ils ont couru vers le labyrinthe pour se cacher.

4 policiers sont entrés par le portail où les chasseurs et les animaux étaient figés. Avec eux, il y avait aussi un autre homme. Senfout et Lavoix couraient encore quand ils ont reconnu une voix familière:

- Ils sont entrés ici, je les ai vus, lance Paul très secoué.
- Vous êtes sûr que ce sont eux qui ont enlevé votre jeune maître, demande un agent?
- Absolument, rétorque Paul. Maître William a disparu de sa chambre après que ces lutins sont apparus de nulle part.
- Vous avez entendu, dispersez-vous, ordonne le sergent, on va les encercler. Vous monsieur, vous restez ici.
- Il n'est pas question que je reste ici alors que mon petit maître William est captif, répond Paul! Je viens avec vous.

Normalement, les agents n'auraient jamais toléré ça, mais Paul est un ancien policier à la retraite, il connaît le métier. Il connaît surtout le commissaire de police.

- D'accord, mais vous restez derrière nous!
- À vos ordres, sergent!

Senfout n'a pas entendu toute la conversation, mais assez pour savoir que Paul est de mèche avec les policiers. Il savait qu'il ne pouvait pas faire confiance à ce gaillard-là!

Il fait signe à Lavoix de monter silencieusement les marches. Cette forêt est construite en hauteur!

Arrivés en haut, Senfout et Lavoix sont dans un autre genre de forêt, un labyrinthe fait de vêtements pour de grands hommes. Il y avait des vêtements accrochés partout et il y avait aussi des hommes prisonniers. Ils étaient immobiles, comme les chasseurs à l'entrée de la forêt.

C'est à croire qu'ils ont été capturés depuis longtemps. En plus d'être figés, ils ont aussi perdu les traits de leur visage. Ils n'avaient ni bouche ni yeux... Rien d'effrayant, juste un visage liste, blanc, et inerte.

Ils ont continué à explorer les lieux et à monter encore plus haut. Cette fois-ci, Lavoix et Senfout se sont retrouvés dans un autre genre de forêt, un pour femme. Il y avait aussi des souliers, beaucoup de souliers.

- Lavoix, tu vois tous ces souliers, chuchote Senfout, ce sont les souliers de leurs victimes. Décidément, les araignées n'ont pas perdu leur temps ici!
- Et qu'est-ce qu'on fait quand on va les trouver, demande Lavoix? Tu as une idée pour arrêter les araignées?
- J'aurai aimé avoir 2 ou 3 des ces grenades puantes... mais non. Il nous faudra improviser. On a encore les flics et le major-d'homme à nos trousses, répond Senfout.

Juste à ce moment, il se retourne et voit un Lavoix bleu terrifié. Ils sont devant une femme inerte, blanche et sans tête! Lavoix aurait crié, mais la terreur a volé sa voix. Senfout le pousse et ils montent encore plus haut, et plus haut. Ils ont monté encore 4 niveaux.

Lavoix étaient terrifié et Senfout n'avait plus de souffle. Ils ne pouvaient pas comprendre comment les araigrées avaient mangé la tête de tous ces pauvres gens… qui tenaient encore debout malgré tout. Debout et immobile et blanc.

- Je n'en peux plus Senfout. Vas-y sans moi, je n'y arrive plus.
- Allons Lavoix, console Senfout à bout de souffle lui aussi, on les a semés! Bon travail. Moi aussi, je suis fatigué à escalader cet étrange labyrinthe. Ça sent bon, c'est quoi ça?

Lavoix avait la main dans une jarre de bonbons multicolores. Senfout n'a pas attendu d'invitation formelle. Tous les deux se sont donnés à coeur joie de reprendre un peu d'énergie.

- Ça doit être la réserve de sucre des araignées, lance Senfout entre 2 bouchées.

C'est précisément à ce moment qu'ils entendent Paul et les policiers un peu plus loin. Ils venaient de monter. Mais comment? Ils n'ont pas gravi les marches!

Lavoix et Senfout regardent de près, ils sont arrivés par ascenseur, un du même genre qui mènent du village vers la cité souterraine des Papas. Senfout fait signe à Lavoix de le suivre en silence. Ils se faufilent entre les nombreuses rangées et attendent patiemment l'occasion propice.

Paul, accompagné de 3 agents, entre dans le labyrinthe avec des bâtons de lumières portables, ils n'ont laissé qu'un seul homme pour garder l'ascenseur. Senfout se précipite sur l'agent posté dans l'ascenseur et crie à Lavoix d'appuyer sur les boutons.

- Mais lequel, demande Lavoix?
- Je m'en fous, n'importe le quel, répond Senfout occupé à rouer de coups l'officier de police dans l'ascenseur.

Senfout ne se reconnaissait plus. Il est devenu très, très agressif et par-dessus tout, il est devenu vraiment fort! Jamais il n'aurait cru qu'il aura gagné contre un homme aussi grand que l'agent de police. L'homme est maintenant allongé par terre, sans connaissance.

C'est plus qu'une victoire pour Lavoix qui s'empare du bâton que le policier portait sur lui. Senfout s'approche et prend un autre bâton noir, plus petit et en métal.

- Lavoix, je t'échange ton bâton contre celui-ci, propose Senfout.
- Hors de question, répond Lavoix. Je l'ai vu, le premier, et il est plus gros! Garde ton petit bâton de métal!

Alors qu'ils se disputaient, ils ont entendu la voix des policiers interpeller à travers d'une boîte que l'agent portait à sa ceinture. Ça doit être une radio, ça ils connaissent, mais au Pays des Papas, les radios sont accrochées sur les murs, au quelque chose comme ça! Pour ça, il faut demander aux Papas Teks!

Quoiqu'il en soit, ils entendent clairement les Policiers parler de renfort et de la recherche d'un enfant de 11 ans pris en otage! Ils entendent aussi une description de lutin correspondant fidèlement à eux: petit, barbu, grassouillet, malcommode. Un des lutins était détenus en interrogation. Tout de suite, ils ont compris qu'il s'agissait de Baveux!

La porte de l'ascenseur s'ouvre enfin. Senfout et Lavoix s'attendaient à voir des policiers les attendre, mais personne. Ils sortent rapidement avant que la cavalerie n'arrive. Ils se dirigent vers de nouvelles marches menant à un niveau inférieur quand ils entendent:

- Arrêtez ou je tire!
- Qu'est-ce qu'on fait, demande Lavoix?

- On se sépare et on court le plus vite possible, répond Senfout.

Les policiers voient les papas courir. Ils regardent dans l'ascenseur et voit leurs collègues sans connaissance par terre. Ils n'hésitent plus, ils ouvrent le feu.

Il y avait des éclats de verre partout. Lavoix a réussi à se faufiler entre les allées. Senfout se retrouve piégé derrière un petit comptoir de fleurs. Il aurait tellement aimé avoir le gros bâton! Que peut-il faire avec ce petit bâton en métal?

Il lève la tête et voit les agents pointer des petits bâtons en métal dans sa direction. Il se cache juste à temps. Un agent l'a vu et a tiré! Par chance, Senfout s'est caché juste à temps. Il a vu les éclats de verre éclater juste au-dessus de lui!

- Wow, pense Senfout, ces bâtons sont vraiment plus forts que je ne le pensais. Ce sont des bâtons bang-bang!

Senfout examine le bâton bang-bang, mais il n'a pas la moindre idée comment ça marche. Il sent que quelqu'un se rapproche. Bon, il n'a plus de choix, il saute sur le comptoir et lance son cri de guerrier. Il lance le bâton bang-bang sur le policier à proximité.

Le coup fut violent et a rendu l'agent inconscient. Cela a surpris tout le monde, lui le premier. Tout de suite, il entend des sifflements de projectiles partir dans sa direction. Il saute à terre pour trouver refuge. Cette fois, il est dans le pétrin, il est pris comme un lapin!

Il entend les 2 autres policiers s'approcher. Alors qu'il est couché au sol, il voit Lavoix, lui aussi couché au sol. Lavoix lui montre le bâton. Les 2 se sont compris juste avec des signes de la main.

Senfout se lève avec les mains levées. Il se rend. Les agents approchent pour le menotter. Boom et boom. Lavoix les assomme tous les deux avec le gros bâton. C'est la première fois que Senfout trouve une utilité à Lavoix. Cette fois-ci, il est bien content d'avoir Lavoix avec lui.

Décidément, quelque chose a changé: les bonbons! C'est ça qui a donné tant de courage et de force aux papas. Ils doivent y retourner. Senfout et Lavoix s'arment de bâtons. Lavoix aime son gros bâton et Senfout ramasse les bâtons bang-bang. Il doit encore comprendre comment ils marchent! Les lancer comme projectile fonctionne bien, mais il y a plus que ça!

Paul et les policiers sont à bout de souffle, eux aussi. Ils ont descendu les étages à pied. Avec les coups de fusil tirés plus bas, les policiers ont couru, arme à la main pour seconder leurs collègues. Paul, ex-policier, sait qu'il faut être plus futé. Alors que les policiers descendent vers le Rez-de-Chaussé où les coups de feu ont été entendus, lui remonte discrètement vers les étages supérieures.

Shotgun à la main, Paul est prêt à toute éventualité. Il est surtout déterminé à retrouver Maître William sain et sauf. Il voit du mouvement plus loin à l'étage. Il s'approche à pas de chat.

Ce qu'il voit après, il ne peut l'expliquer. Il voit une de ces araignées géantes s'approcher du policier. Paul essaie de l'avertir, mais trop tard, l'araignée le mord et le policier tombe à terre. Paul tire à bout portant sur l'araignée qui lui tournait le dos.

Contre toute attente, l'araignée ne tombe pas, elle se retourne, saisit le shotgun de Paul d'une main et d'une autre, du revers, envoie Paul mordre la poussière. Jusque-là, c'était du déjà vu. Ce que Paul ne s'explique pas, c'est la suite. L'araignée a pris la forme du Policier qu'elle a mordu. D'abord le visage, puis les mains et tranquillement, le reste du corps aussi.

Paul n'en croyait pas ses yeux. Les petits lutins avaient raison, ils n'étaient pas fous! Ça voulait aussi dire qu'ils n'ont pas enlevé Maître William non plus. C'est Maître William qui a pris la fuite avec eux pour arrêter l'envahisseur!

Paul se lève et de son mieux, prend un grand élan pour envoyer l'araignée devenue policier à terre. Paul est fort, mais l'araignée l'est encore plus. D'un coup de pied, il envoie Paul à l'autre bout du magasin. Le policier araignée arrange son uniforme et descend retrouver ses collègues.

***

Senfout et Lavoix ont remonté les niveaux pour retrouver la réserve de friandises. Ils ont vraiment besoin d'énergie pour se refaire des forces. Sans retenu, ils ont ouvert toutes les boîtes, tous les sacs et tous les contenants.

Si les premiers bonbons les ont ravivé, les suivants les ont calmé. Même Senfout semblait de plus en plus Zen. Ils auraient dû fuir, se cacher, mais c'était plus fort qu'eux. Ils sont restés à manger toutes les friandises à en avoir mal au ventre.

Ce sont 2 papas ivres de sucre que les policiers ont trouvé allongés par terre, presque inertes.

- Vous êtes en état d'arrestation, crie un agent avec son arme et sa lampe de poche pointées vers Senfout et Lavoix.
- Ok, ok, commence Senfout, la lumière, c'est vraiment nécessaire?
- Oui, amenez-moi, continue Lavoix, je n'en peux plus de courir comme une poule sans tête, d'avoir des hot-dogs et de ne pouvoir en manger encore, et maintenant, ces bonbons si bon qui donne tellement mal au ventre. Je veux rentrer à la maison!

Pour être sûr qu'il ne s'agissait pas de subterfuge, 4 policiers ont menotté ces 2 petits lutins. Paul est resté à l'écart, il ne sait plus qui est une araignée et qui est de la police.

Ceci est **AU PAYS DES PAPAS 2.** Bienvenu(e) aux Alphas.

Dr BAK NGUYEN

ÉPISODE 4

"AU PAYS DES PAPAS"

par WILLIAM BAK & Dr BAK NGUYEN

William ouvre finalement les yeux. Il est à plat ventre sur le bord de la rive d'un lac. Il regarde à côté et voit papa Solo et papa Lalune qui se remettent de leurs aventures avec de sérieux maux de tête.

William est encore très étourdi.

- Mais on a fait comment pour aboutir ici, demande William? C'est où ici?
- Loin et pas aussi loin que tu ne le penses, petit, répondit calmement Solo. On est à la maison!
- Tu veux dire, ajoute Lalune, qu'on est au Pays des Papas? Tu es sûr?
- À 100%, répond Solo. Tu vois la montagne là-bas. C'est la montagne de Grimbal. Je connais bien mon lac!
- Si on est au Pays des Papas, reprend William, pourquoi les couleurs ont changé? On dirait que la moitié des couleurs est partie!
- Oui, et l'air est différent aussi, ajoute Lalune. Il n'y a plus de magie dans l'air.
- De la magie, tu veux dire de la joie, demande William?
- Non, de la magie, répond Lalune.
- Au Pays des Papas, ajoute Solo, il y a de la magie dans l'air. C'est la poussière de champignon qui fait cet effet. Et si on ne sent plus de magie, ça veut dire que quelqu'un a détruit tous les champignons. Mais c'est impossible!

Solo et Lalune sont pris de panique. Qu'est-il arrivé à leur monde? Ils courent vers le village, très inquiets de découvrir son état et le sort des autres papas!

C'est un village déserté qu'ils retrouvent. Les maisons ont été éventrées et il n'y a pas une seule âme sur place. Ils descendent vers la cité souterraine et là aussi, c'est une ville fantôme qui les accueille. Mais qu'est-ce qui s'est passé ici? Et encore plus important, où sont tous les papas?

William n'a jamais vu Solo si inquiet, lui l'indépendant qui se fout de tout. Cette fois, il pouvait voir les buées de larmes se former dans ces yeux. Solo ne dit pas un seul mot.

- Mais qui a fait ça, demande William?
- C'est peut-être les araignées qui se sont vengées, dit Lalune?
- Les araignées?! Je vais leur faire voir de quel bois je me chauffe, lance un Solo qui retrouve ses mots tant bien que mal. Laisse-moi récupérer ma rame et on va faire un tour à la caverne des araignées!
- Moi, j'ai mon lance-pierre, répond Lalune.
- William, prend la hache de Senfout, ordonne Solo. Il n'en aura pas besoin de toute façon.
- Et tu penses qu'il va être d'accord que je prenne sa hache, demande William?
- Oh que non, répondent Solo et Lalune à unisson.

Ils s'arment et vont vers la grotte des araignées, Solo la rame à la main, Lalune, lance-pierre tendu et William avec la hache de Senfout. Ils étaient prêts à livrer un combat sans merci pour délivrer leurs amis, même s'ils ne sont que 3 contre toute une armée d'araignées.

Quelle n'est pas leur surprise à trouver une grotte déserte. Là aussi, pas une seule âme, ni d'araignées ni de papas. Quelque chose de vraiment grave est arrivé ici! Mais qui peut leur dire quoi? Grimbal!

Tous les 3 ont prononcé le nom de Grimbal en même temps. Grimbal est un géant et le gardien du Pays des Papas, il sait sûrement ce qui est arrivé aux papas et aux araignées.

En sortant de la grotte, Solo aperçoit du mouvement à l'entrée de la forêt. Il fait signe aux autres de se cacher et de rester silencieux. Il s'approche et voit 3 papas et 2 araignées. Ils sont tous dans des cages différentes. Mais qui donc capture les papas et les araignées?

William regarde, mais il ne semble y avoir personne d'autre que 5 cages laissées dans la forêt entre d'énormes roches. William reconnaît papa Ohlala dans une des cages. Il ne peut contenir la joie de revoir son ami. Il court vers les cages des papas. Solo veut le retenir, mais trop tard…

William voit Ohlala et lui crie de ne pas s'inquiéter, ils vont le libérer. Ohlala se retourne et reconnaît William. Un sourire se dessine sur son visage. Mais le sourire est de très courte durée:

- Non, n'approche pas petit, s'écrie Ohlala, c'est un piège!

William a entendu piège, mais n'a pas compris. Au même instant, les grosses roches autour des cages se lèvent et prennent forme. William lève la tête, ce sont des géants de pierre, moins grands que Grimbal, mais plus grand que Paul! Ils sont 3. William est piégé.

Un géant reçoit une pierre au visage, puis une autre et une autre. L'autre géant aussi. C'est papa Lalune qui les a dans sa mire. Les géants lèvent les mains pour se protéger de la pluie de pierres.

Et boom, le premier géant de pierre tombe et se brise en mille morceaux sous la rame de Solo. William se rappelle qu'il a la hache de Senfout. Il prend lui aussi son élan et donne un grand coup de hache dans le ventre du 2e géant. La hache a cassé à l'impact!

William est terrifié, il ne sait que faire. Le géant balaie du revers de la main et l'envoie contre une cage. William est par terre, il a mal, mais il refuse de se laisser capturer. Il se souvient alors des champignons que Grognon lui a donnés. Il glisse la main dans sa poche, mais les champignons sont en poussière…

William regarde les champignons et voit son espoir s'envoler avec le vent qui souffle et fait voler la poussière de champignon. Le vent souffle contre les cages, autant celles des papas que celles des araignées. Sous l'effet de la poussière de champignon, les papas éternuent et les araignées se réveillent. La magie est revenue. Les papas retrouvent leur courage et les araignées, leur force. Les araignées poussent contre leurs cages qui basculent de plus en plus jusqu'à se frapper les unes contre les autres.

Les papas voient la manoeuvre et les imitent. Ils frappent les cages les unes contre les autres. Sous les chocs, rapidement, ils brisent les cages et sautent sur les 2 géants de pierre stupéfiés. Papa Ohlala, Intello et Lasoupe sautent à pieds joints sur un géant et le réduisent en poussière.

Les 2 araignées mordent l'autre géant. Elles se cassent les dents sur la pierre, mais elles n'arrêtent pas. C'est finalement Solo qui aura eu raison du dernier géant avec sa fameuse rame! Ensemble, William, les papas et les araignées ont vaincu les géants de pierre. Enfin, ils vont pouvoir reprendre leur souffle. Pas tout à fait.

Ohlala se retourne vers William, s'approche en courant. William tend les bras pour l'accueillir, et c'est une immense gifle qu'il reçoit!

- Ohlala, demande William intrigué et surpris!?
- Comment as-tu pu m'oublier, reprend Ohlala?
- T'oublier, demande William déconcerté?
- Tu as appelé Senfout, Solo, Grognon et Baveux dans ton autre rêve. Même Lavoix et Lalune ont été invités, et tu m'as oublié!!!
- ...
- Je te pardonne, reprend Ohlala, tu es quand même revenu pour moi.

Papa Ohlala serre William très fort contre lui.

- Ne me fais plus jamais ça, ajoute Ohlala.
- Promis, répond William. Mais qu'est-ce qui est arrivé ici?
- Après que tu aies ouvert une porte dans ton rêve, les papas ont traversé dans l'autre monde et les araignées aussi. Je me suis réveillé, mais moi, je ne pouvais pas traverser. Je pense que c'est parce que tu ne m'avais pas invité!

William a bien rêvé à Grognon, Baveux, Solo et Senfout et aussi aux araignées. Mais Lalune et Lavoix, comment ont-ils pu traverser?

- Grognon, Lavoix, et moi, répond Lalune, on préparait de la soupe quand on a entendu un grand boom et une lumière s'ouvrir. C'est peut-être parce qu'on partageait la même soupe que Grognon?
- Possible, reprend Solo. Mais Ohlala, qu'est-ce qui est arrivé au village, aux papas et aux araignées?

Juste à ce moment, il se rappelle qu'il y a 2 araignées géantes avec eux. Il lève sa rame pour se protéger. Les araignées voient la manoeuvre et se tiennent prête à contre-attaquer. C'est finalement Ohlala qui intervient.

- Arrêtez, commence Ohlala, on est tous menacés par ces géants de pierre, apparus de nulle part. Faisons la paix pour l'instant!
- La paix? Avec les araignées, reprend Solo?
- Ton ami a raison, lance une des araignées, nos amis ont aussi tous disparus un peu plus tôt. Nous aussi, on veut retrouver nos familles et nos amis.
- Mais je ne comprends pas, continue William, qu'est-ce qui est vraiment arrivé?
- Tu sais que tu es au Pays des Papas, n'est-ce pas, dit Papa Intello?
- Oui... répond William.
- Ici, c'est un pays imaginaire où les enfants comme toi ont un grand pouvoir. Ce qu'ils imaginent devient réel. Tu as pensé à tes amis papas et ils sont apparus dans ton monde, sauf Ohlala. Tu as sûrement aussi pensé aux araignées qui sont presque toutes parties par la même occasion.
- Ça explique tout, lance finalement Solo. New York, les araignées, mais les géants de pierre?
- Ça, ce n'est pas moi, assure William. Je n'ai jamais pensé à ça!
- Mais qui alors, s'interroge Intello, tu es le seul enfant ici!
- Pas nécessairement, ajoute l'autre araignée, ce monde existe depuis très, très longtemps. Avant que les papas n'arrivent ici et qu'ils appellent ce monde le Pays des Papas, nous, les araignées, on était déjà là. Il y a beaucoup d'enfants et des papas qui sont venus. Certains sont repartis et d'autres sont restés. Les champignons les ont changés. Plus longtemps ils

respirent la magie et moins ils se souviennent de qui ils sont. Les rires et les champignons effacent leurs mémoires.

- Tu veux dire que les papas sont des enfants et qu'il y a des papas arrivés ici qui ne sont jamais repartis, demande Solo inquiet?
- Certains oui. D'autres sont apparus avec l'imaginaire des enfants lors de leur passage, répond l'araignée.
- Tu veux dire que moi aussi, demande Solo?
- Et moi, s'inquiète Ohlala?
- Et nous aussi, lancent Intello, Lalune et Lasoupe?
- Vous êtes tous arrivés ici ou quelqu'un vous a créé ici, continue l'autre araignée.
- Et comment on fait pour savoir qui est venu ici et qui a été créé ici, demande William?
- Ça, on ne le sait pas. Après 3 jours passé au Pays des Papas, tous les papas sont pareils, répondent les 2 araignées ensemble, presque en même temps.

Les derniers mots sont restés en suspend dans l'air pour un bon moment. Les papas en avaient la bouche bée.

- J'ai une idée, commence Intello, si les enfants ont le pouvoir de faire apparaître ce qu'ils imaginent, on a qu'à essayer de penser à quelque chose et voir si cela arrive. Je commence.
- ...

Tout le monde était attentif, mais rien.

- À quoi tu penses, demande Solo à Intello.
- J'ai pensé à mon coffre à outils, dit Intello. Décidément, je ne suis pas un enfant. Vous tous, concentrez-vous et essayez-vous aussi!

Ohlala, Lalune, Lavoix et Solo se sont concentrés, mais rien n'est arrivé. Est-ce possible que les araignées aient tort? William ferme les yeux et pense à Hush. Tout de

88

suite, on entend les jappements de Hush! Tout le monde est pris par surprise, la magie marche vraiment!

- William, s'il-te-plaît, pense à quelque chose à manger, j'ai vraiment faim, demande Lasoupe.

William ferme les yeux et des pommes ont instantanément poussé dans les arbres! Tout le monde l'a vu!

- William, peux-tu penser à une marmite, des champignons et des légumes aussi, s'il-te-plaît, continue Papa Lasoupe.
- Non, crie Solo, il n'y a pas de magie sans prix! William? Comment je m'appelle?
- Papa Solo, répond promptement William.
- Et les autres, demande Solo?
- Ohlala, Lalune, Lasoupe et Intello, continue William. Je me sens bien.
- Ok, reprend Solo, une dernière question, on est où?
- Dans la forêt, quelle question, lance William!
- Comment s'appelle cet endroit, insiste Solo?
- ...

William ne pouvait se souvenir du nom de l'endroit. La mémoire et les souvenirs de William sont les prix payés à chacune de ses créations. William a bien compris les avertissements.

Hush est revenue. Elle est bien contente de revoir William, Ohlala et les autres papas.

- Avec qui tu étais, Hush, demande Ohlala?

- J'étais en train de courir avec Grognon, commence Hush, et je me suis retrouvée dans la forêt tout près. Oh, ça veut dire que Grognon est maintenant tout seul à New York?
- Comment ça, tout seul, demande William? Où sont Senfout et Lavoix?
- On les a perdus en chemin, répond Hush. On essayait de semer les autos patrouilles et on a perdu Senfout et Lavoix dans la course.
- ... et c'est un Grognon très grognon qui court seul là-bas, lance Solo en riant.

William se tait, il sait ce qu'il l'attend quand il va revoir Grognon! Pourquoi c'est toujours à lui que ce genre de choses arrivent?

***

Grognon est tout seul dans cette grande ville, cet autre rêve. Il courait derrière Hush et au tournant, elle a disparu. Grognon a bien essayé de la retrouver, mais elle n'est nulle part. Il ne sait trop que faire maintenant. Les araignées sont quelque part dans la ville, William, Solo et Lalune sont sur l'eau, Baveux est capturé; et sûrement à l'heure actuelle, Senfout et Lavoix aussi.

En fait, Grognon ne se souvient même plus pour quelle raison il est ici! Il erre les rues de New York sur la 8e avenue et arrive face à une énorme forêt, une très bien entretenue. Grognon aurait tout donné pour être dans son lit chez lui. La forêt est le plus près de ce qu'il peut trouver pour se sentir à la maison.

Il se faufile dans les allées et trouve un coin pour fermer les yeux, juste pour quelques minutes. Il est vraiment fatigué de courir après les araignées, après Hush, de courir pour semer la police et maintenant, de marcher les rues de cette ville énorme.

Pour s'assurer que personne ne le dérange, il marche vers le centre de la forêt pour trouver une place à l'ombre sous un arbre. Le soleil va se lever dans une ou 2 heures, d'ici l'aube, il aura la paix.

Grognon n'aura fermé l'oeil que pour 15 minutes quand il sent quelque chose le chatouiller. Il est trop paresseux pour bouger et trop fatigué pour ouvrir les yeux. Ça va passer, il se dit. Mais non, décidément, quelqu'un ou quelque chose a décidé qu'il ne dormira pas cette nuit!

Très fâché, il ouvre les yeux et la bouche pour maudire celui ou celle qui a le malheur de l'embêter! Il ouvre les yeux et voit 3 araignées géantes l'entourer.

Ceci est **AU PAYS DES PAPAS 2.** Bienvenu(e) aux Alphas.

Dr BAK NGUYEN

ÉPISODE 5

"DE L'AUTRE CÔTÉ DU MIROIR"

par WILLIAM BAK & Dr BAK NGUYEN

Paul a suivi des yeux l'arrestation des 2 lutins ivres de sucre. Il se tient loin des policiers, maintenant qu'il ne sait plus à qui faire confiance. Il est déterminé à retrouver Maître William, même si ces lutins ne sont pas l'ennemi, ils sont encore sa meilleure piste.

Il revient vers le manoir pour trouver conseil auprès d'Édith et de Grand-Papa. Il trouve Édith épuisée, elle a nettoyé les dégâts laissés par le passage des araigrées et la tornade des lutins. Brave Édith, c'est une belle femme encore plus forte intérieurement. Elle voit Paul rentrer bredouille. Pour le consoler et l'accueillir, elle lui prépare une tasse de café frais.

- Monsieur Paul, avez-vous des nouvelles de William, demande Édith?
- Non, pas la moindre, répond Paul. Merci pour le café. J'ai croisé 2 des lutins qui ont détruit MACY's.
- Non, pas MACY's, lance Édith, comment ils sont entrés?
- Ils ont brisé la vitrine et on fait les fous, continue Paul. Les policiers leur ont mis les menottes.

- Et c'est une bonne ou une mauvaise chose, demande Édith perplexe à écouter la voix troublée de Paul?
- Pour dire vrai, je ne sais plus, confit Paul. Je sais qu'ils semblaient être les amis de Maître William. Et là, ils l'ont kidnappé. Enfin, c'est ce que je croyais. Mais...
- Mais quoi, demande Édith?
- Mais au magasin, j'ai vu quelque chose qui ne fait pas de sens, continue Paul. J'ai vu une araignée géante mordre un policier et se transformer en policier.
- Quoi... reprend Édith? Une araignée devenue quoi?
- Je sais, dit Paul, ça n'a pas de sens, mais je l'ai vu de mes propres yeux, cette araignée géante mordre et prendre la forme de sa victime.
- Ça veut dire que Maître William disait la vérité, lance Édith? Il est vraiment parti avec les papas, comme il les appelle, pour arrêter les araignées! Il faut l'aider! Vous savez que je déteste les araignées!
- Ça, je le sais, dit Paul, et rassurez-vous, je ne laisserai aucune araignée s'approcher de vous. Mais qu'est-ce que je fais maintenant Édith? Je ne sais pas où est Maître William ni qui sont les araignées et qui sont les humains.
- La première chose est de libérer les papas, continue Édith. Ils ont sûrement plus de réponses que nous. Allons au poste de police, je vous accompagne.
- En passant, demande Paul, où est Grand-Papa?
- Le pauvre, il s'inquiétait tellement pour maître William. Il a entendu du bruit dans la nuit et il est sorti, explique Édith. Je ne sais pas où il est parti.
- Et comment va-t-on faire libérer les lutins, demande Paul intrigué?
- Vous êtes un ancien policier, non, lance Édith?
- ... Je vais penser à quelque chose, murmure Paul.

Les policiers ont isolé les lutins pour interrogation. Baveux a passé plus de 2 heures avec un inspecteur qui ne sait quoi en faire. Lavoix parle tellement qu'aucun inspecteur ne peut le supporter et Senfout, il ronfle à poing fermé depuis sa capture, pas de moyen de le réveiller.

Paul entre avec Édith au poste. Il est un peu hésitant puisqu'il ne sait pas qui est un policier et qui est un imposteur. Dans son travail, ce qu'il a appris est de toujours garder les apparences, peu importe la situation. D'un pas très confiant, il s'approche du poste de réception et demande à parler à l'inspecteur en chef.

- Et les lutins, vous les avez tous capturés, demande Paul d'un ton autoritaire?
- Ne m'en parlez pas, c'est un véritable cirque, répond l'inspecteur. Je ne sais même pas s'ils comprennent ce qu'on dit. C'est à en perdre la boule!
- Pauvre vous, compatisse Édith, je vais vous faire un café, vous vous sentirez mieux.
- Merci, reprend l'inspecteur, mais ce ne sera pas nécessaire.
- Mais j'y tiens, continue Édith! Je reviens.
- Je te comprends, reprend Paul, ce n'est pas facile. Ça me rappelle un de mes anciens cas, il y a plus de 20 ans. On avait 3 fous qui se sont échappés de l'asile psychiatrique en même temps qu'une série de disparitions. On a perdu tellement de temps avec les fous qui n'avaient, au final, pas de liens avec les disparitions. Ce n'était que des fous.
- Et comment on fait pour savoir s'ils sont juste fous et pas dangereux, demande l'inspecteur?
- Tu regardes droit dans les yeux du plus fort, continue Paul. Ils sont comme des animaux, le plus fort contrôle les plus faibles. Donc, tu les mets ensemble dans la même pièce et tu fixes le plus fort. Si les plus faibles vous regardent sans plus d'émotions, et bien, ils sont réellement fous et tu peux les retourner vers l'asile. Si au contraire, tu vois un signe de nervosité de la part d'un des plus faibles, ça veut

dire qu'ils ne sont pas si fous et qu'il faudra les interroger plus en profondeur pour avoir des réponses!

- C'est un super truc ça! Merci Paul, je vais l'essayer, affirme l'inspecteur. Et comment je fais pour m'assurer que je parle bien au plus fort?
- Tu veux que je te montre, demande Paul?
- Ce serait très apprécié, lance l'inspecteur.

Édith revient avec 2 cafés à la main. Paul lui fait un clin d'oeil, tout est sous contrôle. Elle lui sourit avec grâce et tend la tasse de café à l'inspecteur qui se sent très en confiance. Il donne l'ordre de mettre tous les lutins dans la même pièce. Il a hâte de voir Paul à l'oeuvre.

Paul est dans son élément, pour plus de 25 ans, il était détective. Il faut dire qu'un jour policier, toujours policier! Il regarde du coin de l'oeil Édith qui est de plus en plus impressionnée.

Baveux arrive escorté d'un policier. On a mis un masque du style médical à Lavoix pour le décourager de parler, mais rien à faire, il ne veut pas se taire.

Senfout, on a dû lui verser un seau d'eau froid sur le visage pour le réveiller. Maintenant qu'il est réveillé, il est violent et 2 policiers l'encadrent.

Paul regarde les lutins entrer, les uns après les autres. Baveux l'a vu, mais ne sait pas à quoi s'attendre. Lavoix l'a vu aussi, mais il n'a d'yeux que pour la belle Édith. Senfout, lui est trop en rage pour apercevoir qui que ce soit.

Mais Paul a remarqué quelqu'un d'autre aussi. L'araignée changée en agent était aussi là, au fond de la pièce en tant que garde. Paul sait qu'il est un imposteur, mais il sait aussi que l'araignée ne l'a pas vu, donc il peut encore prétendre. Ce qui inquiète Paul est qu'il ne sait pas combien d'imposteurs ont infiltré la police. Il garde son calme et ne montre aucune émotion.

Édith se doute que quelque chose cloche, mais elle n'en est pas sûre. Elle reste attentive et sur ses gardes. L'inspecteur est très confiant et il a hâte de voir Paul à l'oeuvre.

Paul entre dans la salle d'interrogation avec les 3 lutins. L'inspecteur et Édith sont dans l'autre pièce, celle derrière le miroir. Paul se dirige vers la table et fixe Baveux dans les yeux. Il fait dos au miroir, à l'inspecteur et à Édith. Seul le garde "araignée" du fond de la salle peut suivre ce que Paul fait de face.

Paul fixe Baveux dans les yeux, très intensément.

- Mais qu'est-ce que tu veux, lance Baveux qui ne comprend pas?

Paul demeure silencieux et stoïque.

- Tu te fous de ma gueule, crie de nouveau Baveux?

Paul reste calme et ne dit toujours rien. Il est immobile, mais son regard intense, sans bouger la tête, seulement avec les yeux, bouge de Baveux vers le garde au fond. Baveux a remarqué la manoeuvre.

- Toi, tu es un fauteur de troubles, commence Paul. Tu te souviens des araignées? Partout où tu vas, elles te suivent!
- Mais de quoi tu parles, lance Baveux qui n'a rien compris?
- Toi et tes amis, reprend Paul, vous êtes tous des fauteurs de trouble! Les araignées vous suivent partout où vous aller!

Et Paul fait la même manoeuvre des yeux, passant de Baveux au garde en mettant l'accent sur le mot araignée. Baveux a bien vu la manoeuvre. Senfout aussi, seul Lavoix n'a rien compris.

De l'autre côté du miroir, l'inspecteur et Édith suivent la scène avec intérêt. Ils ne sont pas sûrs de comprendre ce que Paul fait, mais ils regardent avec attention le comportement des lutins pour savoir s'ils sont fous ou pas.

- Araignée, finit par demander Baveux?

Paul ne bouge pas, il reste fixé sur le regard de Baveux. Tout le monde dans la pièce a compris qu'il se passait quelque chose, incluant le garde. L'atmosphère était vraiment intense et très chargée.

C'est à ce moment précis que l'inspecteur ouvre la porte.

- Monsieur Paul, commence l'inspecteur, vous êtes un maître! Vous avez bien cerné le fort des faibles et ils ont marché! C'est fou comment votre truc marche bien! Ils sont juste fous ces lutins!

L'inspecteur disait cela d'un ton léger en pointant du doigt Baveux!

- Qui tu traites de fou, lance Baveux?!
- Et qui tu appelles faible, s'écrie Senfout?!

Très irrité, Baveux et Senfout foncent sur l'inspecteur. Le garde lui voit l'opportunité de prendre le dessus et met a main à son arme. Paul le suivait des yeux depuis qu'il est entré dans la salle d'interrogation. Il pousse l'inspecteur qui évite de justesse le coup de feu du garde imposteur.

Baveux et Senfout sont peut-être petits, mais ils sont très agiles et encore plus rapides. Ils se retournent et sautent sur le garde pour le maîtriser. Voyant venir les 2 papas fous, le garde prend panique et se fond en un millier de petites araignées qui fuient les lieux. L'inspecteur a tout vu et il n'en croit pas ses yeux!

- Il ne faut pas les laisser s'échapper, crie Paul.

Rapidement, Senfout et Baveux courent pour les rattraper. Seul Lavoix n'a rien compris. L'inspecteur reprend tant bien que mal ses esprits, il tire sa radio et ordonne de barricader le poste de police.

Personne n'entre ou ne sort! Mais c'est trop tard, les araignées sont parties dans toutes les directions en attaquant et en mordant les policiers sur leur passage. Et oui, les policiers mordus deviennent aussitôt des araignées. Les morsures des petites araignées ont un effet différent sur les policiers, un effet hypnotique.

Baveux voit les araignées déclarer la guerre ouvertement. Il voit les policiers tomber et changer de camp. En tombant, certains échappent leurs armes. C'est comme ça qu'un shotgun arrive au pied de Baveux. Il a bien vu comment les policiers utilisent ces armes pour tuer les araignées.

Baveux prend le shotgun et le pointe vers l'accumulation de petites araignées. Il vise et tire. Le choque est si violent qu'il surprend davantage Baveux plus que les araignées. Baveux est projeté sous le choque vers le plafond, dû à la trajectoire du shotgun. Il vole, s'écrase et perd connaissance.

C'est un bordel total, personne ne sait plus qui est qui. Et bien sûr, dans la panique la plus totale, les araignées et les policiers infectés sont sorties dans la ville.

C'est un poste de police complètement démoli que Paul et l'inspecteur retrouvent. Baveux est par terre, inconscient, mais très dangereux. C'est ce que tous les policiers ont vu. Ils l'ont menotté de nouveau. Senfout lui est encore à se battre avec des araignées, bâton à la main. On le laisse faire, contre les araignées, il faut le plus de mains possible. Mais où est Lavoix?

La question a traversé l'esprit de Paul et de l'inspecteur en même temps. Ils reviennent vers la salle d'interrogation et voit Lavoix à genou à côté d'Édith allongée par terre. Elle aussi s'est fait mordre par une araignée, elle est tombée sans connaissance!

Ceci est **AU PAYS DES PAPAS 2.** Bienvenu(e) aux Alphas.

Dr BAK NGUYEN

ÉPISODE 6

"GRIMBAL ET L'ARMÉE DE PIERRES"

par WILLIAM BAK & Dr BAK NGUYEN

Pendant ce temps, au Pays des Papas, William, les papas, Hush et les araignées libérées se regroupent pour comprendre ce qui est arrivé. Ohlala, Lasoupe et les araignées pointent Grimbal du doigt.

C'est Grimbal qui a changé d'un coup. Pour être plus précis, c'est arrivé à peu près quand William a ouvert une porte vers l'autre monde: quand Grognon, Solo, Senfout, Baveux, Lalune et Lavoix sont partis; quand la plupart des araignées ont traversé. Les choses ont changé au Pays des Papas depuis.

La première chose que Grimbal a fait est de réveiller une armée de pierres pour détruire tous les champignons de la forêt. C'était curieux et les Papas sont venus poser la question à Grimbal qui les a tous capturés et mis en cage. Petit Papa était le premier capturé.

Grand-Papa n'en croyait pas ses oreilles, il est allé parler à Grimbal et lui aussi a été capturé. Papa Intello a suivi les choses à distances, il ne faisait pas confiance au gardien géant. Après avoir capturé Grand-Papa et l'avoir mis en cage avec les autres papas, Grimbal a continué à faire venir de plus en plus de guerriers de pierres.

- Je me souviens de ce moment, commence une des 2 araignées, c'est là qu'on passait tout près et que le géant nous a vus.
- C'est vous qu'il a vu, s'écrie Intello! J'ai vu son visage au loin, il est devenu blême. Je crois que les morsures d'araignées ont traumatisé Grimbal.
- Ça je n'en suis pas sûr, continue l'araignée, je sais juste qu'il a lancé une escouade de guerriers de pierres vers nous. Nous étions 5, 3 sont mortes écrasées et nous, on a été capturé.
- Moi, continue Intello, je suis parti en courant vers le village. Les roches m'ont capturé un peu plus loin dans la forêt.

À la conversation, Ohlala et Lasoupe ont rajouté le récit de leur capture. Ohlala était dans sa maison quand les roches sont venues tout démolir et Lasoupe était sur le lac à pêcher quand il s'est fait capturé. Maintenant, c'est plus clair, les guerriers de pierre sont sous les ordres de Grimbal.

- Mais pourquoi, commence Solo, Grimbal est-il devenu un tyran tout d'un coup?
- ...
- Tout ce que l'on sait, continue Intello, c'est que Grimbal a très, très peur des araignées. Ça on le sait pour sûr.
- Tu veux dire qu'on peut l'effrayer, demande une des araignées?
- Même avec des dents cassées, ajoute l'autre araignée?
- Affirmatif, conclut Intello. C'est un avantage que l'on devra exploiter.

- Attendez, lance Hush, Grimbal est mon ami et je ne reconnais pas le géant que vous me décrivez, mais pas du tout. Laissez-moi lui parler, je suis sûr que c'est un malentendu.
- C'étaient exactement les mots de Grand-Papa, reprend Intello! Il est maintenant dans une cage!
- Alors on fait quoi, demande William?
- On trouve un plan pour libérer tous les papas, répond Ohlala!
- Bien sûr, dit William, mais comment?

Intello, Ohlala, Solo, Lalune, William, Hush et les 2 araignées se grattent la tête pour un long moment.

- Pourquoi ne pas retourner à la cité souterraine des papas, propose Solo. Là-bas, il y a beaucoup de gadgets des papas Teks. On ne le sait jamais, il y a sûrement quelque chose qui pourra servir!
- Non, on ne peut pas faire ça, lance Intello d'un ton ferme.
- Pourquoi pas, demande Solo?
- Parce que la cité souterraine est secrète, répond Intello, on ne peut pas y amener des araignées!
- Mais les araignées connaissent le secret, lance William, elles sont venues pour y kidnapper les papas il n'y a pas si longtemps!
- Et tu penses que c'est un bon argument à donner, reprend Intello très irrité?
- Je m'excuse d'interrompre vos disputes, dit l'une des araignées, je veux seulement faire une précision: 1, nous ne connaissons pas votre cité souterraine et secrète. 2, les araignées qui vous ont attaqués sont des araignées du clan sauvage. Eux sont plutôt agressives et violentes. Nous, on est d'un autre clan, on est des Onkas. On dort le jour et on mange des feuilles la nuit.
- Donc vous êtes des araignées gentilles, demande Lalune?
- On ne mange pas des papas, si c'est ce que tu veux dire par gentil, répond l'araignée. Enfin, le dernier clan est celui des Tonnerres. Beaucoup plus gros, ils sont les gardiens du Pays des Papas. Leurs morsures peuvent être fatales et elles peuvent prendre la forme de leurs victimes.

- Et qu'est-ce qui arrive quand une petite araignée agressive vous mord, demande Ohlala?
- Les petites araignées agressives sont des sauvages. Leurs morsures ne sont pas mortelles, mais elles peuvent avoir différents effets sur leurs victimes comme les faire dormir ou même les contrôler comme des marionnettes pour un certain temps.
- Et vous, demande Solo avec peur, qu'est-ce qu'il arrive quand vous mordez?
- Nous, demandent à unisson les araignées? Dégueux... on ne mord pas les gens, juste des feuilles! On est peut-être aussi grand que les Tonnerres, mais on n'a pas d'intérêt à mordre ni à manger des papas!

Cela a beaucoup rassuré Solo et Intello.

- Je sais! On va prendre le vaisseau géant des Teks, avec ça, on pourra voir Grimbal de haut et lui lancer des pierres, propose Lalune!
- ... c'est une très bonne idée quand j'y pense, ajoute Intello.
- Et on peut diriger le vaisseau sur Grimbal, à toute vitesse, on peut le faire tomber, propose Solo!
- Ça, il n'en est pas question, lance Intello. On ne va pas risquer de briser le seul moyen de transport que l'on a pour quitter le Pays des Papas!
- Je n'en crois pas mes oreilles, commence Ohlala en regardant Intello. Tu es prêt à quitter le Pays des Papas? Tu es prêt à laisser nos maisons et nos amis derrière?
- Je n'ai jamais dit ça, dit Intello pour se justifier. Ce que je voulais dire, c'est...
- On s'en fout, lance Solo. On va à la cité, on trouve le vaisseau et on met Grimbal à terre!

Sur ce, tous se dirigent vers la toilette de la maisonnette pour descendre à la cité. Surprise! L'ascenseur ne fonctionne pas. C'était à prévoir puisque la maisonnette ne tient plus qu'avec 2 murs. D'une maisonnette à l'autre, aucune toilette ne fonctionne comme prévu.

- Ça doit être un problème de connexion, lance Intello. Je m'y mets tout de suite.

114

- Combien de temps ça va prendre, demande Ohlala?
- Peut-être une heure, peut-être 4, je ne le sais pas, répond Intello. Je vais faire tout mon possible.
- Et nous, on fait quoi en attendant, lance Lalune?
- Il ne te reste que moins de 24 heures pour quitter le Pays des Papas et l'autre rêve si tu veux retrouver ton père, rappelle Hush en regardant William.

Hush a raison, William avait oublié qu'il n'avait que 3 jours au Pays des Papas. S'il n'est pas reparti avant le prochain levé du soleil, il restera pris à jamais au Pays des Papas. Il n'y peut rien, il a une larme qui lui mouille la joue. Ohlala et Solo l'entourent pour le rassurer.

- Ne t'inquiète pas petit, dit Solo, on ne va pas te laisser tomber.
- Oui, renchérit Ohlala, on va t'aider à retrouver ton chemin. Vous tous, trouvez ce que vous pouvez pour affronter Grimbal pendant qu'Intello fait de son mieux. On part dans 15 minutes.
- 15 minutes... murmure Intello. Je suis bon, mais pas à ce point...

Solo, prend sa rame et la marmite de Grognon. Lalune remplit son sac de projectiles avec des pommes, des pierres, des tomates, enfin tout ce qu'il peut tirer avec son lance-pierre. Lasoupe ramasse ce qu'il trouve, un sac d'oignons.

- Des oignons, demande Solo? Tu vas faire quoi avec des oignons?
- Je ne suis pas certain, répond Lasoupe. Et toi, tu vas faire quoi avec ta marmite?
- Tu veux savoir à quel point ça fait mal de recevoir une marmite sur la tête, rétorque Solo?
- Ah oui, continue Lasoupe, et comment tu comptes la lancer, ta marmite, si tu ne vois rien derrière un mur de larmes? Tu sais que les oignons font pleurer, n'est-ce pas?!

- Ah, je n'avais pas pensé à celle-là... reprend Solo.
- C'est une excellente idée, lance Ohlala qui avait suivi toute la dispute. Ramassez tous les oignons que vous pouvez trouver. On a maintenant un plan!
- Et c'est quoi le plan, demande Lalune?
- On fait pleurer Grimbal et les araignées feront le reste. Grimbal est terrifié par les araignées, on pourra reprendre le contrôle. S'il pleure en même temps, il ne les verra jamais arriver et quand il va les voir, ce sera trop tard, conclut Ohlala avec confiance.
- J'aime ça, dit Lasoupe. Je m'occupe des oignons.

William sèche ses larmes. Lui aussi se met à la recherche d'oignons. Solo s'approche, ramasse la hache de Senfout et la tend à William.

- Tu vas avoir besoin de ça, dit Solo en tendant la hache à William.
- Il va m'arracher la tête, lance William en souriant!
- Pas si tu assommes Grimbal avec, continue Solo. Senfout va être si fier de savoir que sa hache aura assommé le gardien géant!
- Ça, c'est une idée géniale, répond William!

Comme prévu, 15 minutes plus tard, ils quittent le village armés d'une rame, d'une marmite, d'une hache, d'un lance-pierre et de beaucoup d'oignons. Intello est resté derrière pour essayer de réparer l'ascenseur. En chemin vers Grimbal, Lasoupe coupe les oignons en 2 et en 3.

- Tu coupes les oignons pour qu'on ait plus de projectiles, lance Solo! C'est une excellente idée!
- Mais les oignons coupées font de piètres projectiles, dit Lalune. En plus, elles vont tâcher mon lance-pierre.

- Croyez-moi, je sais ce que je fais, répond Lasoupe sans même lever les yeux. Si vous voulez faire pleurer avec des oignons, ce n'est pas parce qu'elles font mal. Les oignons, je connais bien.
- Aussi bien que William connait les champignons, lance Solo à la blague?

Cela suffit pour remonter le moral de tout le monde. Tous les papas rient, seules les 2 araignées n'ont rien compris.

Ils sont arrivés au pied de la montagne où Grimbal est assis sur son trône de pierre. Autour de lui, il n'y a personne, seulement des cages vides. Mais qu'est-ce qu'il a fait avec les prisonniers? Les aurait-il mangés?

L'idée a frôlé l'esprit de tout le monde. Quelle horreur?! Cela n'a pas pris davantage pour relancer Solo dans sa rage incontrôlable. Il bondit avec sa rame et court vers Grimbal en criant: assassin!

Grimbal s'est retourné aux cris de Solo. Ce n'est pas que Grimbal qui s'est retourné, mais aussi toutes les roches autour. Petites, grosses, rondes, plates et pointues, elles se sont tous retournées.

Solo les a vues, mais ne dévie pas son regard de Grimbal. Il est vraiment très, très fâché et il va mettre le géant à terre! Les roches se lèvent, elles aussi, très menaçantes. La guerre a commencé!

C'est une pluie d'oignons qui annonce l'attaque des papas. Lalune et La soupe couvrent la droite et la gauche en tirant des oignons sur ce qu'ils croient être le visage des roches. C'est bien difficile puisque ils ne sont pas certains si les roches peuvent pleurer.

William court, lui aussi avec la hache à la main et commence à frapper à gauche et à droite. Hush court à ses côtés. Les guerriers de pierres tombent les uns après les autres, si ce n'est pas sous les coups de Solo, c'est sous les coups de hache de William. Les oignons ont fait leur effet!

En voyant sa garde tombée, Grimbal se lève de son trône de pierre, prend son énorme épée et crie: "À l'attaque!" À son cri, une nouvelle armée de pierres, plus grosse et plus nombreuse encore, s'abat sur William et les papas du haut de la montagne.

William et Solo tiennent le coup et continuent à assommer les guerriers de pierre, 2 et même 3 à la fois. Hush en profite pour s'approcher de Grimbal.

- Mais qu'est-ce que tu fais, crie Hush? Je ne te reconnais pas du tout!
- Toi aussi, commence Grimbal, tu es contre moi? Tout le monde est contre moi!
- Mais de quoi tu parles, lance Hush? Personne n'est contre toi, c'est toi qui a emprisonné les papas et maintenant tu les as mangés?!

- Je n'ai encore mangé personne, réplique Grimbal. Mais j'ai vraiment très, très faim! Je vais commencer par toi si tu continues de m'agacer!

Grimbal mange un oignon en plein visage. Et un autre et encore un autre. Lalune ne manque jamais sa cible. Hush se lance sur le géant. D'un rapide revers de la main, le géant l'intercepte et la lance loin dans la forêt.

William et Solo ont tous deux vu Grimbal frapper Hush. Ils courent vers Grimbal, hache et rame à la main. Solo est intercepté par 4 guerriers de pierres géants.

William continue de courir vers Grimbal, la hache levée. Il profite de la confusion pour se frayer un chemin vers le géant entre les larmes et la poussière. William ne voulait pas faire mal à quiconque, mais il n'avait plus de choix. Il ferme les yeux et lève la hache pour frapper Grimbal de toutes ses forces.

En laissant tombé la hache, il sent une tristesse l'envahir. Lui aussi est devenu un méchant. Quelle surprise il a, quand il entend la hache craquer. La peau de Grimbal est aussi dure que de la pierre et la hache n'a qu'eff euré le géant sans plus. La hache a cassé sous le coup.

- Senfout va vraiment être très, très fâché, pense Solo tout haut.

119

William lui, n'a pas le temps de penser. Tout de suite, il sent la réplique de Grimbal qui l'écrase sous son pied de géant. Tout est perdu. Solo voit le géant piétiner William, il court à son secours.

Lasoupe et Lalune tirent dans toutes les directions ce qu'il leur reste d'oignons. Ils tiennent les roches à distance, mais ils sont bientôt à court de projectiles.

William est écrasé sous le pied de Grimbal, immobilisé et blessé, mais bien vivant. Il n'a plus de choix, il a besoin d'aide. Tant pis pour ses souvenirs. William ferme les yeux et pense au héros le plus puissant qu'il a créé, l'ange Eto.

Avec l'épée Excalibur, Eto est son seul espoir pour vaincre Grimbal et l'armée de pierres. Il ferme les yeux et appelle Eto au Pays des Papas. Solo frappe de tous bords, tous côtés. Tout ce qu'il rencontre tombe en morceaux et mord la poussière.

- Tiens le coup Petit, lance Solo, j'arrive!

Solo gardait espoir, mais il était encore loin du géant. Il y avait encore tellement de guerriers de pierre entre lui et William, écrasé sous le pied du géant.

En fait, chacun des morceaux de pierres fracassées revient dans la bataille, encore plus menaçant, et maintenant plus difficile à frapper parce qu'ils sont plus petits. Plus petits, mais tout aussi menaçants.

Lasoupe et Lalune ont finalement épuisé tous leur projectiles. Ils ont tiré et lancé les derniers oignons. La bataille est perdue. Pas encore.

Du haut de la montagne, on entend un grand vacarme, comme une avalanche avec un cri familier. Dans un dernier espoir, c'est Ohlala monté dans la marmite qui descend à toute vitesse vers le géant et son armée de pierres.

Solo, Lasoupe et Lalune regardent de plus près et voient une armée derrière la marmite. Une multitude de cages avec des papas à l'intérieur roulent rapidement en direction du champ de bataille. Derrière, ils voient les 2 araignées plus haut dans la montagne qui libèrent les prisonniers et les envoient en renfort.

Grimbal est très contrarié. Il se lève, prend son épée et court dans la direction d'Ohlala, sa marmite et l'avalanche des cages avec les papas à l'intérieur. Il va tous les écraser. Son armée est derrière lui.

Il ordonne à son armée de pierres de se mobiliser. Les roches obéissent et se regroupent. Elles sautent les unes contre les autres pour se fusionner en des roches plus grosses. Elles s'additionnent et se combinent pour former un guerrier géant, encore plus grand que Grimbal.

William, Hush, Solo, Lalune, et Lasoupe voient l'effort héroïque qui sera repris dans les contes et les légendes, mais ils savent qu'ils n'ont aucune chance de gagner celle-ci. "Hiii-haaa!"

Ils se retournent et voient le vaisseau des Papas Teks dans le ciel. Le vaisseau est abîmé, mais il vole. Papa Intello est aux contrôles et il fonce droit sur le géant de pierre.

Entre Ohlala dans sa marmite et Intello aux commandes du vaisseau, l'espoir reprend dans le coeur de tous les papas et des araignées.

D'abord le vaisseau frappe le géant droit au coeur et lui fait perdre l'équilibre. Le géant de pierre tombe à terre et se fracture en mille morceaux. Dans sa chute, il tire avec lui le vaisseau qui s'écrase.

Grimbal regarde la scène avec méfiance, est-ce possible qu'il perde cette bataille? Le doute commence à le gagner. Ohlala redoublent ses cris de guerriers et guide l'avalanche des cages vers Grimbal.

William se relève avec l'aide de Solo. Hush est revenue les rejoindre. Elle jappe. William regarde dans sa direction et voit une épée briller.

- Non, c'est pas vrai! Enfin, crie William, c'est Excalibur! Mais où est l'ange dont le nom m'échappe?
- C'est dangereux d'utiliser ce pouvoir Petit, dit Senfout, j'espère que ça en vallait la peine.
- Tu n'en as pas idée, répond William.

William prend Excalibur et se dirige vers Grimbal. Il y a plusieurs guerriers de pierres entre eux. William fait tourner Excalibur qui met les guerriers, pas en morceaux, mais les rend en poussière dès le premier contact.

Grimbal voit ses armées tombées. Il est pris entre l'avalanche des cages et du fou dans sa marmite d'un côté et William, Excalibur, Hush et des petits papas tenaces de l'autre. Pour la première fois, il recule devant l'ennemi.

- Je ne voulais pas te faire de mal, crie William, pourquoi es-tu devenu méchant tout d'un coup?
- Je suis ici depuis je ne sais plus combien de temps, répond Grimbal. Je suis plus un prisonnier qu'un gardien! Quand les araignées m'ont mordu, j'ai eu faim, très faim. Je déteste les araignées, elles sont parties et s'il n'y a plus de champignons, elles ne reviendront pas!
- Mais les champignons, c'est ça qui fait que le Pays des Papas est magique, reprend Solo!

- Ça, c'est pas mon problème! Je suis Grimbal, je suis un géant et je ne prends des ordres de personne.
- Ah non, continue Solo, même pas des araignées?

Solo pointe du doigt les 2 araignées du haut de la montagne qui ont libéré leurs amies. Elles aussi descendent la montagne dans une avalanche noire derrière celle des cages.

Grimbal a peur des araignées, il a peur d'Excalibur et il y a tellement de papas fâchés. Toutefois, il est un géant et il a aussi une épée géante. Il se tient en position de défense et commence à frapper à gauche et à droite.

Ohlala, dans sa marmite, et l'avalanche des cages le frappent de front. William avec Excalibur en main foncent sur lui de l'autre côté, et derrière, il voit la marée noire des araignées foncer dans sa direction. Grimbal lève son épée et appelle la foudre.

Le ciel s'assombrit instantanément. La foudre frappe et alimente l'épée de Grimbal qui la redirige, en la pointant en direction de la marmite. La foudre électrocute la marmite d'Ohlala qui frit. Ohlala danse involontairement sous les chatouillements électriques. Le choc a réchauffé le fer de la marmite qui fume... une mauvaise odeur.

Une partie de l'éclaire rebondit vers le géant. Grimbal est électrocuté. Il est tout-étourdi, mais il peut encore se battre. Il se retourne et voit Excalibur brillé. Il ramène son épée et croise le fer avec l'épée légendaire.

C'est un véritable combat de titans malgré que c'est réellement le récit de *David contre Goliath*. Quelles sont les chances qu'a Excalibur, même magique, contre cette épée géante et électrifiée, 20 fois plus grosse?

Le choc des lames crée une explosion et une onde de choc sans précédent. Tout devient noir sous une montagne dense de poussière.

Ceci est **AU PAYS DES PAPAS 2.** Bienvenu(e) aux Alphas.

Dr BAK NGUYEN

125

AU PAYS DES
PAPAS
MAIS ON S'EN FOUT!

LES ARAIGNÉES

127

ÉPISODE 7

"JAMES GRIMBAL"

par WILLIAM BAK & Dr BAK NGUYEN

Grand-Papa est très inquiet, son petit-fils est manquant. Est-ce les lutins qui l'ont enlevé? Est-ce les araignées? Rien ne fait vraiment de sens. Grand-Papa a marché les rues de la grande ville sans succès.

Il se souvient que les ennuies ont commencé il y a 2 jours, lorsqu'il a acheté le vieux livre avec la belle couverture de cuir. C'est peut-être ça le mystère. Grand-papa sait qu'il peut sembler fou, mais entre des araignées géantes et des lutins qui apparaissent de nulle part, être fou semble être une bonne piste.

Grand-Papa se dirige vers le magasin de livre. Il est 4 AM, le magasin est fermé. Grand-Papa ne peut se permettre de revenir plus tard, William est peut-être en danger. Il fait le tour et trouve la porte de derrière. Grand-Papa est un colonel à la retraite, il n'en revient pas, mais il va entrer par infraction. C'est la première fois de sa vie qu'il va défier la loi! L'amour qu'il porte à William est plus fort que ses principes.

Grand-Papa brise la vitre et entre dans le magasin. Il cherche dans les rangées serrées un indice, quelque chose d'étrange, quelque chose de magique. En fait, il ne sait pas ce qu'il cherche.

– **Qui est là, demande une vieille voix rauque? Haut les mains ou je tire!**

Grand-Papa s'est fait prendre. Il a honte, mais en même temps, il est désespéré. L'homme qui l'a surpris s'approche en pointant une arme sur Grand-Papa. Grand-Papa est un colonel, même à la retraite, il sait comment agir devant une menace. Il lève haut les mains et laisse l'homme s'approcher. Juste quand l'homme se sent en contrôle de la situation et d'une main, appelle 9-1-1, Grand-Papa se retourne rapidement et le surprend. Grand-Papa le désarme et repointe le fusil sur lui.

– **Tirez, commence le vieux Grincheux, je m'en fous! La police est déjà en chemin.**

Grand-Papa reconnaît l'homme, c'est le vieux grincheux qui lui a vendu le livre ancien. Il met le fusil de côté et tend la main au vieux grincheux pour l'aider à se relever en s'excusant.

- Je suis navré, commence Grand-Papa, mon petit fils est porté disparu.
- Et vous pensez le retrouver ici, demande le vieux grincheux, très surpris?
- Vous vous souvenez de moi, continue Grand-Papa, j'étais ici il y a 2 jours avec mon petit-fils et vous nous aviez vendu un vieux livre avec un cadenas sur la couverture?
- Oui, reprend le vieux grincheux, le petit qui cherchait des livres vides. Et qu'est-ce que j'ai à faire dans votre histoire?
- Je sais que tout ça paraît très étrange, mais depuis qu'on a acheté le livre, il y a des choses étranges qui arrivent.
- Étranges, demande le vieux Grincheux?
- Oui, répond Grand-Papa, comme des lutins qui apparaissent et détruisent votre maison, des araignées géantes qui courent par millier et maintenant mon petit-fils qui est porté disparu.
- Je suis vraiment navré pour votre petit-fils, je le suis vraiment. Mais je vous assure, je n'ai pas idée où il est. Je suis innocent.
- Je vous crois, reprend Grand-Papa. Je pense que c'est plutôt lui qui est revenu ici.
- Pour quelle raison il reviendrait ici, demande le vieux grincheux de plus en plus intrigué?
- Voyez-vous, continue Grand-Papa, j'ai cherché le livre à la couverture cadenassée dans toute la maison, mais lui aussi, a disparu. Je suis venu ici sans trop d'idée, mais maintenant que je regarde sur vos tablettes, il y en a 2 autres avec la même couverture!

À ces mots, Grand-Papa s'approche de la tablette.

- Je peux, demande Grand-Papa?
- Faîtes comme il vous plaît, continue le vieux monsieur, mais je dois vous avertir que la police est en chemin.
- Merci, dit Grand-Papa. Si j'ai des réponses, la police pourra m'aider à retrouver mon petit William. Je suis vraiment navré pour les inconvénients.

Grand-Papa et le vieux grincheux examinent les 2 livres sur la tablette. Is sont tous les 2 identiques, comme des livres jumeaux. Sur la couverture, il n'y a pas de titre ni de nom d'auteur. Seule une inscription à l'arrière d'un des livres est encore lisible: JAMES GRIMBAL.

- Qui est James Grimbal, demande Grand-Papa?
- Un grand auteur du passé, répond le vieux grincheux avec mélancolie.
- Pensez-vous que James Grimbal saurait où trouver mon petit-fils, demande Grand-Papa?
- Ça, je peux vous dire que non, reprend le vieux grincheux. James Grimbal, c'est moi!
- Et c'est vous qui avez écrit ces livres, interroge Grand-Papa?
- Ça, je ne suis pas sûr, ça fait si longtemps et les choses sont très floues pour moi, répond James Grimbal. Je vends des livres depuis si longtemps que je ne me rappelle plus des détails.
- Et c'est livres, continue Grand-Papa, qu'est-ce qu'ils ont de spécial?
- Je ne le sais pas, lance James Grimbal. Je ne sais même pas s'ils sont spéciaux. Tout ce que je sais, c'est qu'ils me rendent triste, mais que je n'arrive pas à m'en débarrasser. Chaque fois que quelque l'achète, par un mystère ou un autre, ils reviennent sur mes tablettes. Vous n'êtes pas le premier client insatisfait qui revient. Vous êtes seulement le premier à entrer par infraction! Mais je vous crois. Je veux vous aider à retrouver votre petit-fils.

Grand-Papa et James Grimbal mettent les 2 livres sur la table et les ouvrent. Un nuage de poussière envahit le petit magasin.

***

Tout tourne au Pays des Papas, la poussière à fait tourner toutes les têtes. En fait, ce nuage de poussière a des pouvoirs magiques au même titre que les champignons.

William ne voit rien. Il est seul et il tient Excalibur à la main. L'épée brille, c'est la seule source de lumière pour guider William dans ce gouffre mystérieux. Il marche en espérant trouver Fapa Ohlala, Solo, Lalune, Hush, n'importe qui! Il ne comprend pas comment il est seul ni ce qui vient d'arriver.

Dans la brume. il voit une autre silhouette, elle aussi avec une épée brillante à la main. La seule différence est qu'Excalibur est bleue alors que l'autre épée émet des rayons verts.

- Oh là, crie William, qui est là?
- Et toi, qui es-tu, répond une voix d'enfant.
- Mon nom est William, et toi?
- Je ne me souviens pas de mon nom. Mais je me souviens de toi! Tu es venu dans mon rêve et tu as tout détruit!

William s'approche, il voit un jeune enfant, dans les environs de son âge qui tient une épée brillante en main.

- De quoi tu parles, reprend William? Comment ai-je pu détruire ton rêve, je ne t'ai jamais vu avant aujourd'hui?
- Tu es celui qui est venu avec ton père et les lutins, continue l'enfant. Tu m'as volé mon petit chien!
- Tu veux dire Hush, reprend William?
- Hush, c'est ça son nom, murmure l'enfant?

Décidément, William sait que l'autre enfant n'a pas toute sa tête. Il en profite pour l'examiner de plus près. Ils n'ont

135

que la lumière de leur épée respective pour se dévisager l'un l'autre.

Très curieusement, ils se ressemblent beaucoup. On aurait dit des alter-egos dans les films de science-fiction. William ne peut s'empêcher de remarquer qu'il y a des inscriptions sur la lame de l'autre enfant. Il lit G-U-I-L-L-A-U-M-E. Guillaume.

- Tu ne t'appellerais pas Guillaume par hasard, demande William?
- Guillaume, répète l'enfant, ça me dit quelque chose...

L'enfant lève son épée pour mieux lire les inscriptions sur la lame. Il y a beaucoup de poussière et c'est sombre, et il ne peut vraiment lire. Il finit par lire G-R-I-M-B-A-L. Grimbal!

À ce mot, William sent un frisson lui traverser le corps. Il regarde Guillaume et reconnait le regard du géant.

- Attends, reprend William, tu t'appelles Guillaume ou Grimbal?
- Je ne sais pas, les 2 noms me semblent très familiers.
- Ne serais-tu pas le Guillaume qui habite dans une cabane dans la forêt avec tes parents? À chaque Noël, toi et ton père, vous allez couper le sapin parfait dans la forêt. Cette année, c'est ton chien, Hush, qui a trouvé le sapin qui était si grand que ton père a dû le couper et le recoller pour le faire entrer dans la maison?
- Qui t'a dit ça, s'étonne Guillaume? C'est vraiment familier...
- Ou, poursuit William, es-tu le gardien géant du Pays des Papas?

- Ça se peut, murmure Guillaume. Arrête avec tes questions, tu me donnes mal à la tête!
- Et les araignées, elles sont tes amies, demande de nouveau William?
- Les araignées...

Guillaume a changé de couleur au mot araignée. Il est devenu effrayé et violent. Son visage se raidit et s'assombrit. William le regarde. Il a pitié de Guillaume, mais, en même temps, cet enfant sombre, presque macabre, l'effraie.

***

James marche dans un champ de poussière. Tout est vide autour de lui. Il ne sent plus la tristesse ni la lourdeur habituelle de son quotidien. Ici, il n'est ni triste ni content, il est libre.

Il regarde devant lui. Il y a 2 portes en cuir avec un cadenas géant sur chacune d'elle. Les portes sont toutes les deux ouvertes et James peut voir ce qui se passe de l'autre côté.

D'un côté, il voit un accident de voiture, un feu, une femme inconsciente du sol et lui, rampant pour sortir de la voiture. Il se souvient de cet accident, tout est devenu noir et ils sont entrés en collision avec une autre voiture. Mon Dieu, c'est Madeline, elle est blessée!

James se précipite pour la sauver, mais elle a disparu. Il est maintenant dans un lit d'hôpital et il ne peut bouger. Il regarde autour de lui, il est seul. Il sent l'envie de pleurer, mais les larmes ne viennent pas. Il ne peut que crier silencieusement.

James court et court pour sortir au plus vite, il traverse la porte qui se referme derrière lui. Il est à bout de souffle, il est à genou. Grand-Papa s'approche de lui pour l'aider à se relever. Grand-Papa a tout vu.

- Laissez-moi, lance James Grimbal, je ne peux pas vous aider.
- Vous avez raison, laissez-moi vous aider, reprend Grand-Papa qui aide Grimbal à se relever. Et l'autre porte, elle mène où?
- Je me souviens de ces livres maintenant, dit James Grimbal. Le premier conte le drame qui m'a enlevé mon épouse et ma famille. C'est un accident de voiture qui a détruit ma vie. J'ai écrit des pages, des paragraphes et des milliers de mots, puis, j'ai tout effacé. La douleur était trop intense. Une fois effacée, je ne pouvais me contenir et j'ai recommencé à raconter la même histoire, j'ai écrit des nouveaux mots par-dessus les anciens effacés. Et eux aussi, je les ai effacés quand ma douleur devenait insoutenable. J'ai passé 10 ans à écrire et à effacer. J'ai finalement mis un cadenas sur le livre pour mettre fin à cette torture.
- Et l'autre livre, demande Grand-Papa?
- En fait, ma femme était enceinte de jumeaux lorsque l'accident est arrivé. Ce jour-là, j'ai perdu ma meilleure amie, mais aussi toute ma famille, mes 2 jumeaux à naître. Les 2e livre et 3e livre leur sont dédiés. Je voulais apprendre à les connaître, à vivre avec eux, donc j'ai imaginé leurs premiers pas, leurs exploits, leurs défis. Mais je n'ai jamais eu le courage d'écrire un seul mot. Pendant des jours, je regardais les livres en m'imaginant qui ils sont. J'ai un garçon et une fille. J'ai écrit leur histoire qu'avec mes larmes. Jamais je n'ai écrit un seul mot dans leurs livres. J'ai fait ça pendant 10 ans avant de mettre un cadenas sur ces livres

aussi. Depuis, j'ai moins mal et je suis même arrivé à oublier. C'est vous qui avez tout dépoussiéré avec votre petit-fils. Et lui, il est venu avec l'insulte ultime en ne parlant de livres vides!

- Je suis vraiment navré, dit doucement Grand-Papa, je n'avais pas de mauvaises intentions.
- Je sais, répond James Grimbal. Pour répondre à votre question, l'autre porte est celle d'un de mes enfants, un avenir pas écrit, mais teinté de larmes, de magie et d'espoirs. Vous êtes dans mon imaginaire monsieur, tout est possible.
- Et vous pensez que mon petit-fils est dans votre pays imaginaire, demande Grand-Papa?
- Si vous ne le trouvez nulle part, c'est une possibilité, répond Grimbal. Mais faîtes attention, une fois que les cadenas sont fermés, ils le resteront pour 10 ans.
- Vous avez dit qu'il y a 3 livres, reprend Grand-Papa, donc William peut être prisonnier dans le livre que j'ai acheté? Comment puis-je le retrouver…?

Un fort vent les surprend, Grand-Papa n'a pas le temps de terminer sa question. Ils ne voient plus rien et la poussière, de nouveau, isole Grand-Papa de James Grimbal.

- Réveillez-vous, réveillez-vous, vous m'entendez?

Grand-Papa ouvre les yeux. Un ambulancier s'apprêtait à le réanimer. Il regarde et voit 2 autres ambulanciers sur James Grimbal. Ils essaient de le réanimer sans trop de succès. James Grimbal est très faible et fait signe à Grand-Papa d'approcher.

- Prenez les livres, retrouvez votre petit-fils et fermez les cadenas. Ces livres sont dangereux, vous en êtes maintenant le gardien.

Grand-Papa n'a pas la chance de dire un mot, on met un masque d'oxygène à James Grimbal et on l'amène à l'hôpital. On propose de conduire Grand-Papa à l'hôpital aussi, mais il refuse. Il doit encore retrouver son petit-fils porté disparu. Mais avant, il va devoir s'expliquer avec les policiers.

Par chances, Paul avait signalé la disparition de Grand-Papa à la police et quand ils l'ont retrouvé, Paul à blâmer les pertes de mémoires sporadiques de Grand-Papa, ce qui est une histoire inventée, mais une excuse très plausible.

Sans trop de difficultés, Paul obtient la libération de Grand-Papa. Après tout, il est un ami du commissaire et de l'inspecteur en chef. Et avec cette invasion d'araignées, il y avait des choses plus urgentes.

Sur le chemin du retour, Grand-Papa conte à Paul ce qu'il a appris. Grand-Papa est persuadé que les lutins et les araignées viennent d'un des livres magiques de James Grimbal. William est peut-être prisonnier de l'autre côté.

D'ordinaire, Paul n'aurait jamais suivi une telle conversation, mais il connaît bien Grand-Papa qui est un homme de bon sens et de bon moral. Non, Grand-Papa n'a pas perdu la boule! Après la nuit qu'il a passé à courir après les lutins et avoir vu les araignées devenir des policiers, Paul est ouvert à tout.

- Et comment on fait pour récupérer William, demande Paul?
- Je ne suis pas certain, commence Grand-Papa. La réponse est dans un de ces livres.
- Passez-moi en un, dit Paul. Je n'aime pas lire, mais il n'y a rien que je ne ferais pas pour secourir William.
- Allons vers le parc, dit Grand-Papa, ce sera plus discret.

Ils n'étaient pas très loin du Central Park de New York. Grand-Papa et Paul trouvent un coin paisible, mais éclairé pour ouvrir les livres magiques. Celui que Paul a en main est barré par un cadenas. Paul est fort, très fort, mais il n'y a pas de moyen pour l'ouvrir.

Grand-Papa ouvre l'autre livre. En provenance de l'intérieur des pages, un vent et un nuage de poussière envahissent le parc. Le vent arrache le livre des mains de Grand-Papa et s'écrase sur le sol, ouvert. Le vent souffle sur les pages qui défilent et laissent échapper des roches, des papas, un chien, des araignées, et William.

Ceci est **AU PAYS DES PAPAS 2.** Bienvenu(e) aux Alphas.

Dr BAK NGUYEN

ÉPISODE 8

"RÉDEMPTION"

par WILLIAM BAK & Dr BAK NGUYEN

Ils sont tous apparus dans Central Park, sortis de la tornade qui tire son origine du livre magique étalé à terre. Grand-Papa et Paul n'en reviennent pas. Ils voient les lutins apparaître, quelques-uns, ils reconnaissent, d'autres, pas.

Ils entendent Hush japper, mais rien ne réchauffe plus leur coeur que de voir William réapparaître. William court vers les bras tendus de son Grand-Papa.

Grand-Papa le serre fort contre lui, il a toujours eu confiance qu'il retrouvera son petit-fils, il ne se doutait seulement pas que William sortirait d'un livre, encore moins que le livre serait magique… Tout cela lui est bien égale, l'important est que c'est bel et bien William qui est devant lui.

William est très heureux de retrouver son Grand-Papa. Il ne s'est jamais senti seul, mais la présence de Grand-Papa l'a toujours sécurisé. Avec Grand-Papa, il se sent encore comme un enfant choyé. Tout est possible, avec l'aide de Grand-Papa.

Paul s'approche et flatte la tête de William. Paul est un homme froid et droit. Il a vu William naître, maître William est de la famille pour Paul tout comme Paul est de la famille pour William. Il va aussi serrer Paul.

Paul est pris par surprise par l'étreinte chaleureuse de William. Il ne sait comment agir, ce qu'il fait rire Grand-Papa et les Papas derrière, Solo, Lalune et Ohlala!

- On n'a pas de temps à perdre, commence William, je sais qui est Grimbal, c'est un petit garçon qui s'appelle Guillaume. C'est un personnage que j'ai créé avec mon père. Je ne sais pourquoi ni comment il a pris vie, mais ici, il a les mêmes pouvoirs que moi: tout ce qu'il imagine arrive!
- Si Grimbal est méchant, j'en conclus que Guillaume l'est aussi, demande Ohlala?
- Je n'en suis pas sûr, répond William. Je sais juste qu'il n'a pas toute sa tête et qu'il a très peur des araignées. Je dois le retrouver avant qu'il ne détruise New York en voulant éliminer les araignées!
- C'est peut-être trop tard, lance Paul. Regardez!

Paul pointe l'armée de guerriers de pierres apparue derrière eux. De l'autre côté, il y a des milliers de yeux d'araignées qui brillaient entre les arbres. Elles sont prêtes à l'assaut.

- C'est trop tard, lance Solo, on est encore une fois au coeur de la bataille!

148

- Laisse-les venir, crie Paul, je vais tous les écraser!
- Là, je le vois, c'est Guillaume, dit soudainement William en pointant un garçon caché derrière un arbre.

William prend Excalibur et court vers Guillaume. Grand-Papa et Paul voudraient le suivre, mais William est tout simplement trop rapide.

- Qu'est-ce que tu fais, crie William? Tu vas tout détruire si tu continues! Ici, c'est mon rêve, c'est New York! Arrête tes folies! Tu m'entends, Guillaume?
- Guillaume?Je me souviens maintenant, reprend Guillaume. Je dois éliminer les ara gnées! Si je tues toutes les araignées, plus rien ne pourra m'arrêter! Je serai libre de faire ce que je veux!
- Moi, je veux rentrez chez moi, continue William. Ne veux-tu pas rentrer chez toi?
- Chez moi…? Je n'ai pas de chez moi, murmure Guillaume. Chez moi, c'est où il n'y a pas d'araignées et où tout ce que je pense devient vrai! Arrête de te plaindre et vas-t'en, personne n'a besoin de toi ici!

Guillaume lance ses guerriers de pierres sur William et les araignées. William, Excalibur en main, se tient prêt. Derrière lui, solidairement se tiennent Paul, Grand-Papa, Hush, Solo, Ohlala, Lalune, Lasoupe, Intello; même Senfout et Lavoix les ont rejoints.

Ohlala rappelle à William de ne pas utiliser ses pouvoirs, ses souvenirs sont les clés pour repartir chez lui. Il ne faut pas les brûler.

Les guerriers de pierre foncent sur la multitude des araignées cachées dans la forêt. Elles sont peut-être petites, mais les sauvages sont très, très nombreuses et elles sont aussi très agressives. Avec elles, il y a aussi des Tonnerres, les araignées géantes. Les combats ont commencé.

Dans les rues de New York, c'est la panique totale. Les policiers sont arrivés en grand nombre, mais pas pour les araignées ni pour les guerriers de pierre nouvellement arrivés, les policiers en ont plein les bras avec tous les zombies mordus par les araignées.

Ils n'osent pas tirer puisque chaque Zombie est un humain, un ami! Alors que les policiers n'osent pas tirer, les Zombies ravagent la ville. Maintenant, ils marchent en direction de Central Park pour rejoindre les araignées. C'est en les suivant que les policiers sont arrivés droit au coeur du conflit.

William combat vaillamment les guerriers de pierre. Ici aussi, Excalibur les transforme en poussière. En voyant William s'approcher, Guillaume ferme les yeux et pense à des renforts encore plus fort et plus gros. Des dragons apparaissent dans les rues de New York, volant et crachant du feu un peu partout.

- Non, mais qu'est-ce que tu as fait, crie William?! Arrête tout de suite Guillaume!
- Pourquoi tu veux que j'arrête, demande Guillaume. Et toi, tu es qui?

Guillaume perdait sa mémoire à grande vitesse avec les nombreux guerriers et dragons qu'il avait fait venir. William doit l'arrêter, mais il ne veut pas lui faire de mal. Il faut juste le réveiller! Il regarde autour et voit le livre magique ouvert à terre.

- Regarde ce livre, lance William! C'est notre façon de rentrer à la maison. Si on fait équipe et qu'on arrête de se battre, on va pouvoir rentrer à la maison!
- Je n'ai pas de maison, rétorque Guillaume. Mais le livre magique, je le veux! Il est à moi!

Guillaume et William courent pour mettre la main sur le livre. Solo avait suivi ces yeux toute la scène. Si Guillaume met la main sur ce livre, Dieu seul sait ce qu'il va arriver. Il saute sur le livre qui est près de lui.

Dans la manoeuvre, il est aspiré à l'intérieur du livre et réapparaît au Pays des Papas. Paul est Grand-Papa ont tout vu et tout entendu eux aussi. Ils se précipitent vers le livre. Paul est le premier arrivé. Il donne un grand coup de pied sur la couverture pour refermer le livre.

La couverture se rabat. Le nuage de poussière se dissipe et les guerriers de pierre ont arrêté leur invasion.

Guillaume croisait le fer avec William quand il a vu le livre se refermer et son armée de pierres isolée.

Il est très frustré! Il défait William sur un volte-corps, lui donne un grand coup de pied dans le derrière et siffle. Un grand dragon rouge atterrit et se présente à Guillaume en guise de monture.

Pendant ce temps, Paul lance le livre fermé à Grand-Papa qui l'attrape en plein vol.

- Prenez le livre et allez le cacher, crie Paul. Je vais vous couvrir!
- Et nous aussi, crient Senfout et Lalune, lance-pierre à la main.
- Je viens avec vous, dit Ohlala en regardant Grand-Papa.

Tous s'entendait sur un point, il faut garder les livres loin de cet autre enfant. Grand-Papa et Ohlala fuient dans les rues de New York. Lasoupe et Lalune leur sert d'escorte. Derrière eux, William, Paul, Hush, Senfout, Intello, et Lavoix restent à l'arrière pour tenir tête aux guerriers de pierres, aux dragons et aux araignées. Et les zombies?

En courant, Ohlala a trébuché et laissé tomber le livre qu'il portait. Cela a fait un vacarme qui a attiré les zombies à proximité. Lasoupe aide Ohlala à se relever rapidement pendant que Lalune les couvre en tirant avec son lance-pierre. Les zombies tombent, mais il y en a tellement!

Grand-Papa sait qu'il ne pourra gagner en courant. Il leur faut un endroit pour s'abriter et se regrouper.

- Suivez-moi, il faut nous cacher, ordonne Grand-Papa avec son expérience de Colonel.
- Je suis à bout de souffle, affirme Ohlala, continuez sans moi.
- Pourquoi on ne va pas se cacher dans le grand bâtiment de pierres blanches, propose Lalune?
- Ça, c'est le Musée d'Histoire Naturelle, répond Grand-Papa, ce n'est pas une bonne idée, on ne passera jamais la porte.
- Tu veux dire celle-ci, pointe Lasoupe?

Grand-Papa regarde vers la direction pointée et il voit les portes s'ouvrir par elle-mêmes.

- Mais qu'est-ce que... laisse échapper Grand-Papa qui ne comprend rien.

Il regarde à Terre et voit Ohlala écrire porte dans le livre qu'il portait. Vraisemblablement, les livres sont magiques! En tombant sur le livre, Ohlala a respiré la poussère, ce qui l'a mis en trance. Maintenant, il a aussi des pouvoirs magiques.

Sans tarder, Grand-Papa, Ohlala, Lalune et Lasoupe vont se cacher dans le grand Musée d'Histoire Naturelle de New York. À l'entrée, ils voient les grandes vitrines avec des animaux immobiles.

153

- Oh non, les araignées les ont tous mordu, lance Lasoupe.
- Non, non, explique Grand-Papa, ce sont des animaux empaillés. Ils ne sont pas vivants. Allons-nous cachés.
- Il faut bloquer la porte, dit Lalune.
- Toi, peux-tu le faire, demande Grand-Papa?

Lalune prend le livre des mains d'Ohlala qui était encore très sonné. Il écrit dans le livre: fermeture des portes. Rien ne se passe, les portes demeurent ouvertes. Lasoupe essaie lui aussi, mais toujours rien. Grand-Papa demande à Ohlala d'écrire de nouveau. Les portes se ferment, mais un peu tard, 5 zombies sont entrés dans le musée.

Lalune n'a plus de projectiles. Il regarde Ohlala qui dessines des champignons et des pommes. Lalune regarde autour de lui et voit une multitude de pommes apparaître à portée de la main. Il s'en sert comme projectiles et les Zombies tombent de nouveau.

Les pommes ralentissent les Zombies, mais ne les tuent pas. Il crie aux autres d'aller se cacher. Il va retenir les zombies pour aussi longtemps que possible.

Grand-Papa, Ohlala, et Lasoupe courent les corridors du Musée D'Histoire Naturelle. Ils sont arrivés à l'étage des dinosaures. Ohlala et Lasoupe sont terrifiés par ces squelettes géants.

Pendant ce temps, à l'entrée du musée, Lalune a épuisé ses réserves de pommes. Il tire les quelques champignons qu'il avait à portée de main et court rejoindre les autres. Curieusement, les zombies ne l'ont pas suivi.

***

Dans le parc, William combat d'un côté les Guerriers de pierre qu'il rend en poussière avec Excalibur, mais il est impuissant devant les araignées et les dragons. Les dragons volent haut dans les airs et crachent des flammes pour tuer les araignées. Ils araignées sont petites et courent très vite, ce sont davantage les arbres et la ville qui brûlent.

Les policiers essaient toujours de contenir les zombies et les pompiers sont occupés à éteindre les incendies laissés par les vols de dragon. Hush, Senfout et Paul secondent William du mieux qu'ils peuvent. William sait que Guillaume est la clé, mais Guillaume a disparu.

William doit faire quelque chose, il ne peut pas laisser les dragons détruire New York! Il n'a pas de choix, il lui faut du renfort, même au risque de perdre sa mémoire. William ferme les yeux et pense à un autre héros qu'il a créé.

Super-Poulet apparaît. Il est beau, il est fort, il est intelligent, il est super. Il ne peut juste pas voler! Ça va devoir suffire, puisque l'ange Eto n'a jamais répondu à l'appel. Pour mettre toutes les chances de son côté, William a aussi fait venir les ChickenShits, ces poulets détestables et tannants. Ils pourront prêter main forte à Super Poulet!

Sérieusement?! Que peut-on espérer d'un poulet géant qui ne vole pas et de 8 poulets tannants? En fait, juste assez pour attirer l'attention des dragons qui poursuivent maintenant les poulets au lieu des araignées!

L'initiative de William a libéré la pression contre l'armée d'araignées qui, maintenant, ramènent leur attention sur William, Paul, Hush et Senfout!

***

- Les zombies répondent aux champignons, crie Lalune en rejoignant ses amis.
- Regardez, c'est Lalune, pointe Lasoupe, en sortant de sa cachette.

- J'ai tiré toutes les pommes que j'avais, et les zombies se sont relevés à chaque fois, explique Lalune. J'ai alors commencé à tirer des champignons et les zombies sont tombés étourdis. Je crois que les champignons neutralisent le venin des araignées.
- Si c'est vrai ce que tu dis, commence Grand-Papa, on va avoir besoin alors de beaucoup plus de champignons! Regardez dehors!

Tous se précipitent à la fenêtre et voient une multitude de zombies grimper les murs en essayant de briser les fenêtres pour entrer. En même temps, ils entendent des pas dans l'escalier. Ce sont les guerriers de pierre que Guillaume a lancés à leur trousse.

Rapidement Grand-Papa dit à Ohlala d'écrire quelque chose dans le livre, c'est leur seule chance. Ohlala écrit dans le livre, mais rien ne se produit. Il essaye de nouveau et toujours rien. Grand-Papa s'approche et lit: *"Dinosores"* et *"Chempignon"*.

Grand-Papa trouve ça très curieux, il demande à Ohlala d'écrire son nom dans le livre. Ohlala s'exécute et Grand-Papa lit Ohlolo. Écrire dans le livre a le même pouvoir et les mêmes conséquences que de faire des voeux qui se réalisent: le prix est la perte de mémoire. Ohlala a perdu la lettre "A".

- On a un problème, crie Lalune, les guerriers de pierre sont là et je n'ai pas d'oignons à tirer! Ohlala, des oignons s'il-te-plaît!

Ohlala écrit oignons et Lalune trouve les projectiles qu'il a besoin pour limiter l'avance des guerriers de pierre. C'est bien, mais ce n'est pas assez! Grand-Papa regarde Ohlala dans les yeux et lui demande comment son ami se nomme.

- Lolune, répond Ohlala, quelle question!
- Et l'autre, demande Grand-Papa.
- Losoupe, répond Ohlala étonné des questions de Grand-Papa.
- Et moi, demande finalement Grand-Papa?
- Vous, je ne vous connais pas... répond Ohlala. Mais vous me semblez très gentils.

Définitivement, écrire dans le livre magique ne pourra pas les aider encore très longtemps. Et seul Ohlala a ce pouvoir ici. Lasoupe revient tirer Grand-Papa et Ohlala de leur réflexion: les zombies ont commencé à briser les fenêtres des étages supérieures, celles qui ne sont pas grillagées. Ils ont recommencé à entrer dans le périmètre.

- Ohlala, fais quelque chose, crie Lasoupe! On a besoin de champignons, tout de suite!
- Il a perdu la lettre "A", répond Grand-Papa. Il ne peut plus écrire champignon!
- Si tu ne peux pas écrire, alors dessine-les, lance Lasoupe!
- Quelle bonne idée, répondent Grand-Papa et Ohlala!

Ohlala se remet à la tâche. Il dessine des gros ballons dans le ciel, comme celles d'une parade des jours d'Action de Grâce.

- Mais qu'est-ce que tu dessines, demande Lasoupe?
- Laisse-le tranquille, dit Grand-Papa, il est en train de conter une histoire.
- Mais on n'a pas le temps pour des histoires crie Lasoupe, les zombies sont dans l'autre pièce et Lalune n'a presque plus d'oignons! On est pris comme des lapins! Ohlala, dépêche-toi s'il-te-plaît!

Décidément, faire des dessins prend beaucoup plus de temps que d'écrire des mots. Après les ballons, Ohlala dessine des champignons et finalement une explosion et un gros nuage.

Lasoupe regarde par la fenêtre pour voir la progression des zombies. Dans le ciel, il voit des gros ballons flotter. Les ballons flottent dans les rues de New York, il y en a partout. Tout le monde les regarde, les araignées, les zombies, les guerriers, les papas, les humains et Hush aussi.

Guillaume regarde les ballons avec irritation! Il ordonne à ses dragons de détruire tous les ballons. C'est ainsi que les dragons changent de nouveau leurs cibles, délaissant les poulets apparus de nulle part. Les dragons crachent du feu sur chacun des ballons qui explose sous la chaleur. Il y a beaucoup de dragons, mais il y a encore plus de ballons.

En explosant, chaque ballon, libère un nuage de poudre de champignons qui enveloppe la ville.

- Bien joué, s'écrient Lasoupe et Grand-Papa! Maintenant il reste encore les guerriers de pierres. Ohlala, s'il-te-plaît, dessines des dinosaures.

Ils savent que c'est risqué et qu'Ohlala a perdu de plus en plus de mémoires, mais c'est ça ou les guerriers de pierre vont s'emparer du livre magique.

Ohlala, de nouveau, commence un nouveau dessin. Lalune tire ses derniers oignons. Il ne peut plus rien faire. Il revient dans le hall d'exposition des squelettes de dinosaures géants et referme les portes derrière lui. Il jette un dernier coup d'oeil.

Les guerriers de pierre ont beaucoup pleuré sous les attaques d'oignon. Ils ont tellement pleuré que le plancher est devenu super glissant, entre les oignons écrasés et leurs larmes. Ils ne peuvent pas avancer sans tomber. Lalune sourit, il a fait sa part!

Il referme les portes derrière lui. Il sent une respiration dans son dos. Il se retourne très lentement. Il voit un dragon géant sans ailes ni muscle ni peau. Il n'est fait que d'os. Derrière, il y en avait encore d'autres!

- Tasse-toi du chemin, crie Lasoupe! Ohlala finit son dessin de la porte et les dinosaures vont s'occuper des guerriers de pierre!

***

Pendant l'attaque des araignées, William, Paul, Hush, Senfout Lavoix et Intello ont livré une bataille courageuse, mais ils sont tout simplement débordés par l'abondance des araignées.

Lavoix et Intello ont été les premiers capturés. Senfout s'est battu vaillamment avec Paul à ces côtés. À eux deux, ils ont frayé un passage à travers la multitude d'araignées afin de laisser William s'échapper. William est le seul qui puisse arrêter Guillaume, et Guillaume est la source des problèmes!

Paul et Senfout ont frappé de tous bords tous côtés sans jamais regarder en arrière. Quand ils sont finalement sortis de Central Park, ils se sont rendus compte que William n'était pas derrière eux. Ils sont revenus vers les araignées, mais c'était trop tard. Ils se sont fait capturer.

William a Excalibur, mais c'est inutile face aux araignées. Hush est habile a chassé les araignées, mais elle ne réussit qu'à garder les araignées à distance que pour un moment. William se dit qu'il n'a plus de choix, il lui faut du renfort, un géant ou des champignons!

Il n'est pas question de manger encore des champignons! Pour faire face à la menace des araignées, William pense à un gardien géant comme Grimbal au Pays des Papas.

William ne sait pas quel souvenir il a perdu avec ce souhait, mais au loin, il imagine la grande dame de la Statue de la Liberté avancer vers la ville. Avec son flambeau, elle pourra chasser les araignées!

Même si les renforts sont en chemin, lui est dans Central Park et la Dame de la Liberté est complètement au bout de l'île, et ça, ce n'est qu'une fois qu'elle aura traversé la rivière séparant son île de l'île de Manhattan. Clairement, William n'avait pas pensé à tous ces détails.

Il a perdu un souvenir et il est entouré par les araignées. Rapidement Hush et lui sont enroulés dans la toile épaisse des araignées sauvages et transportés par 2 araignées Tonnerres.

***

Dans le musée, Lalune est immobile. Il sait qu'un faux mouvement peut lui être fatal. Grand-Papa du fond du hall d'exposition, prend une grosse pierre et la lance contre la fenêtre qui brise avec beaucoup de vacarme.

Tout de suite, tous les yeux des dinosaures ressuscités suivent la roche envolée par la fenêtre.

– Ouvre la porte maintenant, ordonne Grand-Papa en s'adressant à Lalune.

Alors que les dinosaures se précipitent en direction de Grand-Papa et de la fenêtre brisée, Lalune ouvre les portes, laissant entrer les guerriers de pierre.

Grand-Papa et les papas n'ont plus qu'à ce cacher et éviter d'être entre ces 2 vagues titanesques. Des guerriers ont mis des dinosaures en pièces, d'autres ont été déchiquetés par les mâchoires gigantestes des fossiles préhistoriques. Seul Ohlala est encore au centre de la pièce, absorbé par son dessin.

Ohlala ne semble pas prendre conscience du carnage autour de lui. Il continue de dessiner. Grand-Papa, Lasoupe et Lalune ont réussi à se regrouper.

– Mais où est Ohlala, demande Lalune.
– Là, pointe Lasoupe. Je n'en crois pas mes yeux, il dessine encore!

- Il faut aller le sauver, dit Grand-Papa, il ne faut pas que le livre magique tombe dans les mains de l'autre petit garçon.
- Euh, reprend Lasoupe, je crois qu'on a un autre problème.

Ils se retournent et voient des dinosaures, plus petits, mais tout aussi menaçants.

- Pas possible d'avoir un seul moment de répit, lance Grand-Papa.

Tous se retournent sans trop savoir comment se tirer de ce mauvais pas, pris au pied du mur comme des lapins.

- À trois, chacun court le plus vite possible dans une différente direction, ordonne Grand-Papa. 1, 2, 3, courez!

Les yeux fermés, chacun court le plus vite possible afin de désorganiser les dinosaures. Lalune court vers les guerriers de pierre pour se défaire des dinosaures. Lasoupe, lui, court en zigzag en changeant rapidement de direction. Ça marche bien, plusieurs squelettes n'ont pas son agilité et s'écrasent contre les murs au tournant. Heureusement pour lui, ces chocs sont suffisants pour mettre en pièce les squelettes.

Grand-Papa, lui, court entre les jambes des dinosaures géants. Il sait que c'est risqué, mais c'est la seule idée qui lui soit venue. Il se faufile entre les jambes du T-Rex. Les petits dinosaures le suivent de près, non sans collatérales. Plusieurs d'entre eux sont piétinés et mis en pièces sous les pas du T-Rex.

Grand-Papa réussit à se défaire des dinosaures à ses trousses et revient vers Ohlala du centre de la pièce. Ohlala est toujours en trance, ses derniers dessins ont drainé toute son énergie. Grand-Papa le ramasse et court vers l'autre pièce.

Alors que Grand-Papa court avec Ohlala sous le bras, Ohlala, lui, tient à 2 bras, serré contre lui, le livre magique.

***

Hush et William se réveillent dans le sous-sol de New York. William n'en est pas sûr, mais il semble être dans une station de métro. Les araignées s'en sont emparés pour y établir leur repère. Il y a des toiles d'araignées partout.

William est immobilisé dans une des ces toiles. Hush est juste à côté, elle aussi, immobilisée.

- Hey oh, est-ce que quelqu'un m'entend, crie William?
- C'est toi petit, répond une voix lointaine?

William a bien reconnu la voix, c'est celle de Senfout. Il ne voit pas Senfout, mais il l'entend très clairement.

- Est-ce qu'il y a quelqu'un d'autre, relance William?
- Ton ami, le major-d'homme est inconscient en face de moi, répond Senfout.
- Et Lavoix, relance William?
- Je ne le vois pas, lance Senfout. Je suis dans une toile d'araignée épaisse. Je ne peux bouger que ma tête. Toi, tu peux bouger?
- Non, dit William, je suis prisonnier comme toi.

Hush s'est réveillée. Elle est plus petite et agile, elle se défait des toiles et se libère. Sans perdre un instant, elle mord dans la toile de William en espérant la déchirer. Hush est très intelligente, mais surtout, elle est très tenace. Elle réussit à libérer un des bras de William. William lui dit d'aller aider Senfout et Paul. Lui, il peut maintenant enlever le reste des toiles d'araignée sur lui.

C'est avec espoir et beaucoup d'énergie que William et Hush déchirent les toiles d'araignée. Ils savent qu'ils n'ont pas beaucoup de temps avant que les araignées sentent les vibrations et reviennent les embusquer.

Paul, Senfout, Lavoix sont tous libérés. Ils sont prêts à partir quand William voit un dernier cocon plus loin dans le fond de la station. Quelque chose lui dit qu'il doit aller sauver celui-là aussi. Alors qu'il n'avait pas une seule minute à perdre avant le retour des araignées, William s'enfonce davantage vers le nid de ces dernières. Il rejoint le cocon et commence à le défaire. Paul et Senfout l'ont rejoint et, ensemble, ils déchirent finalement les épaisses couches de toile.

C'est Grognon! Il est sans connaissance. William et Senfout le libèrent, et Paul prend Grognon sur ses épaules pour sortir au plus vite. Il faut sortir d'ici avant que les araignées ne reviennent. Hush jappe de plus en plus fort, il est trop tard, les araignées sont revenues et elles bloquent la sortie.

Il n'y a pas d'issue cette fois, ils sont pris au piège. Paul tient son bâton tout haut, prêt à frapper. Senfout et Lavoix sont prêts à se défendre jusqu'à la fin. Hush montre ses dents. De l'autre côté, les araignées sauvages se tiennent sur leur garde, elles continuent d'arriver en grand nombre.

William tient Excalibur à la main, mais il sait que ce n'est pas la solution. Il peut toujours exercer son pouvoir magique.

- Non petit, ne fait pas ça, dit Senfout. Je t'ai vu perdre de plus en plus de souvenirs, si tu recommences, tu risques de ne plus jamais repartir d'ici.
- Quelle différence que je ne pars pas si on est mangés par les araignées, relance William?

William ferme les yeux et pense… Mais les araignées ont vu William à l'oeuvre et ne se laisseront pas faire cette fois-ci, ni avec des champignons ni avec de la magie.

Elles se lancent sur William et une araignée le mord au cou. William est étourdi, il perd sa concentration et son voeu… ses idées sont confuses et tout devient flou. La dernière image qu'il voit est le Pays des Papas et Solo.

Solo et le Pays des Papas est la dernière vision de William avant qu'il ne perd complètement connaissance sous l'effet des morsures d'araignées. Paul, Senfout et Lavoix repoussent les araignées de leur mieux, mais ils ne pourront tenir très longtemps. Hush est la seule à réussir à tenir les araignées au loin.

Elle grogne et les araignées reculent. Hush est étonnée elle-même de l'effet qu'elle a sur les araignées. Toutes les araignées reculent, presque effrayées. Tous regardent Hush, stupéfiées. Hush ne comprend pas. Elle se retourne et voit un portail magique ouvert derrière elle. Il y a beaucoup de fumée et une ombre se dessine. Elle se rapproche de plus en plus et traverse le portail. C'est Solo!

Il est accompagné des araignées Onkas, les nouveaux gardiens du Pays des Papas. Les 2 Onkas amis des Papas avancent vers les araignées sauvages. Une araignée géante Tonnerre avance entre les rangs des sauvages.

- Traîtres, crie l'araignée Tonnerre, vous les Onkas, vous attaquez les vôtres? Rendez-vous ou périssez!
- Qui sont les traîtres ici, lance une des Onkas. Vous êtes celles qui ont amené la guerre dans notre monde! Nous, les araignées sommes une espèce pacifique, pas guerrière!
- On n'a répondu qu'à la menace des envahisseurs, rétorque l'araignée Tonnerre!
- Et où cela vous a mené, continue l'araignée Onka? À fuir votre propre maison. Maintenant vous êtes prises à errer dans les souterrains d'un monde étranger. Arrêtez la guerre et les menaces, et on vous laisse revenir à la maison!
- Et qui es-tu pour nous donner des ordres, crie l'araignée Tonnerre?

D'un coup il repousse violemment les 2 Onkas et met une patte à travers le portail. Tout de suite, l'araignée Tonnerre crie de douleur, sa patte a fondu.

- Ce portail est magique, reprend Solo. Seuls les amis de son créateur peuvent passer.
- Et qui est son créateur, demande l'araignée Tonnerre handicapée?

Les Onkas et Solo pointent William.

- Toutes les araignées qui acceptent de laisser la guerre et la violence derrière peuvent traverser et revenir au Pays des Papas où une nouvelle ère d'harmonie a commencé, lance une des 2 Onkas.

169

Elle tend la main pour inviter toutes les araignées à la joindre. Elle se retourne et marche vers le portail où elle passe sans embûche. Tous peuvent maintenant voir à travers le portail, le Pays des Papas où la Onka est passé.

Les araignées sauvages hésitent. Une, puis deux, puis dix ont suivi et traversé sans difficulté. Plus de la moitié des araignées sauvages ont suivi et sont revenues chez elles. Les araignées Tonnerres se regardent et elles aussi veulent rentrer à la maison. Elles laissent la guerre et la violence et passent, elles aussi, sans difficulté.

La Tonnerre handicapée voit qu'elle a perdu toute son influence, s'esquive discrètement. Paul, Senfout, et Lavoix regardent la scène, incrédules. Eux qui pensaient que la fin les attendait. Hush est au près de William toujours inconscient. Solo s'approche de Paul et reconnaît Grognon sans connaissance sur ces épaules.

- Je peux aider avec ça, dit l'araignée Onka.

Elle s'approche et met dans la bouche de Grognon l'antidote, un morceau d'oignon. Immédiatement Grognon reprend connaissance, non sans larme avec des gros morceaux d'oignons dans la bouche.

- Bouahh, crie Grognon en se remettant, c'est dégueulasse!

- Tu es le bienvenu, lance l'araignée Onka.
- Et pour William, demande Paul?
- Donnez-lui ce morceau d'oignon, répond l'Araignée Onka, mais quand il se réveillera, le portail disparaîtra. Si vous voulez revenir au Pays des Papas, il faudra le faire avant qu'il ne se réveille! Et faites vites, j'ai l'impression que plus longtemps le portail reste ouvert, plus William perd de souvenirs.
- Vous avez entendu, crie Solo. Dernière chance!

Rapidement les araignées se précipitent vers le portail, un immense nuage de poussière les accompagne.

William se réveille, les larmes aux yeux et plein d'oignons dans la bouche. Il regarde autour de lui et voit un chien, un vieux major-d'homme et 3 lutins qui le regardent. Il n'a aucune idée de qui ils sont ni où il est.

- C'est ce que je craignais, reprend Senfout, il a perdu tous ses souvenirs.
- Mais non, il est seulement un peu bafoué par le réveil, dit Solo en secouant William, en espérant qu'il retrouve ses esprits.
- Arrête Solo, tu vas le rendre malade, crie Grognon.

Ils étaient 3 papas inquiets pour le sort de William. Pour la première fois de leur vie, les 3 partageaient le même point de vue, la même inquiétude, le même intérêt. Ils l'entourent sans savoir comment réagir.

- Tassez-vous, lance finalement Paul. Vous avez assez fait de dommage comme ça! Petit, viens avec moi, on va aller retrouver ton grand-papa et tout ira mieux.

William ne connaissait pas l'homme qui lui tendait la main, mais une familiarité le poussait à lui faire confiance.

***

Les dragons ont brûlé tous les ballons dans les rues de New York. Les explosions ont relâché un énorme nuage de poussière de champignon sur toute la ville. Tous les zombies sont redevenus des humains, avec quelques maux de tête, humains et biens.

C'était le premier répit depuis la nuit dernière pour les policiers qui doivent maintenant prêter main forte aux pompiers pour éteindre la multitude d'incendie allumée à travers la ville. Les dragons ont vraiment ravagé la métropole entre la chasse au ballon et la *chasse aux poulets*.

Guillaume, monté sur le grand dragon rouge vole au-dessus du nuage de poussière. Lui, en a contre les araignées. Il voit l'araignée Tonnerre sortir de la station de métro, suivie par un peloton de plus petites araignées. La rage le saisit une fois de plus et il lance son dragon et les dragons autour sur les araignées.

La majorité des araignées ont quitté New York pour le Pays des Papas, mais ça, Guillaume ne le savait pas. Il a simplement foncé tête première en crachant du feu contre les araignées et la station de métro.

Paul et Senfout venaient seulement de sortir la tête de la station de métro que les flammes ont recommencé à pleuvoir sur eux. Définitivement, il n'y a pas un seul moment de répit pour eux. Les dragons ont arrosé les lieux de flammes et les débris tombent de partout.

Senfout ne l'a pas vu, mais il se trouvait sur la trajectoire du tronc d'un arbre déraciné par la rage des dragons. William obéit à ses réflexes et court vers Serfout, il l'attrape et le jette par terre. Il venait de sauver Senfout du tronc d'arbre qui lui aurait fracassé la tête!

Paul et Solo crient aux autres de sortir rapidement avant que tout ne s'effondre. Grognon est le dernier à sortir, il se retourne et voit, la lueur de la manche d'Excalibur. L'épée et prise dans un rocher au centre de la station bombardée de débris.

Il n'hésite pas un seul instant, il fait demi-tour et court vers l'épée prise dans le rocher. Solo lui crie de laisser tomber, il va se faire écraser sous les débris. C'est certain qu'il n'est pas l'élu qui pourra sortir Excalibur de la pierre! C'est trop évident, c'est un classique sorti tout droit des Légendes des chevaliers de la table ronde.

Grognon, en courant, s'empare du manche d'Excalibur et le tire avec l'espoir de le sortir du rocher. Il regarde Solo et, du regard, lui fait le signe d'attraper l'épée qui sera bientôt lancée dans sa direction. Mais comme prévu, l'épée ne bouge pas, elle est prise dans la pierre et Grognon, malgré qu'il tire de toutes ses forces, n'arrivent pas à la sortir.

Solo et Senfout accourent pour faire sortir Grognon, la station va s'effondrer d'un instant à l'autre. Grognon refuse de lâcher prise, il tire sur la manche de l'épée alors que Solo et Senfout le tirent par les jambes.

William regarde la scène surréelle. Il ne connaît pas ces petits lutins, mais il admire leur courage et surtout leur fraternité. Il court dans leur direction.

Solo, Senfout et Grognon voient William arriver. Ils espèrent tous que William pourra sortir l'épée du rocher. Quelle est leur surprise quand ils voient William passer à côté du manche de l'épée.

William ignore complètement Excalibur et accrochent sous ses bras Solo et Senfout qui eux, tirent sur es jambes de Grognon qui refuse toujours de laisser aller l'épée.

Les dragons sont revenus avec un 2e assault et la station souterraine cède sous leurs flammes.

- Lâche l'épée vieux têtu, crie Solo!
- Tu es un imbécile, tu vas tous nous tuer, crie Senfout!
- Je crois en toi, William, lance Grognon!

C'est finalement Paul qui les aura sortis des décombres, Solo, Senfout et Grognon. Où est William? Ils se retournent et voient William, Excalibur à la main qui regarde les dragons dans le ciel.

Guillaume du haut de son dragon rouge voit William et fonce tête première sur son *Némésis* en crachant toute la puissance intestinale de son dragon.

William voit les flammes s'abattre sur lui. Il lève Excalibur qui lui sert de bouclier et repousse les attaques. Pau et les papas assistent à l'ascension de leur petit William en héros, incrédules et fiers. William n'a peut-être plus de souvenirs, mais il a de bons réflexes.

Guillaume ne supporte pas la défaite ni même l'idée que quelqu'un peut lui tenir tête! Si un dragon ne suffit pas, alors ce sera 3 dragons qui auront raison de William. Immédiatement, les dragons se réorganisent autour de Guillaume dans le ciel.

Paul et Senfout regardent les dragons tourner comme des tornades. Ils doivent aider William. Il leur faut une distraction. Senfout voit une voiture de patrouille renversée pas très loin. Il crie à Paul:

- Viens m'aider, si on remet l'auto patrouille sur ces roues, on peut faire assez de vacarmes pour attirer les dragons!
- C'est une excellente idée, confirme Paul.

Paul et Senfout poussent la voiture de police renversée pour la remettre sur ses roues. Paul est fort, mais la voiture est trop lourde. Solo voit leurs efforts, il court les aider. Grognon regarde Solo, voit une araignée sauvage errer. Ça lui donne une idée.

Il saisit l'araignée et la dépose sur le cou de Solo. L'araignée, effrayée, mord Solo.

- Mais tu es fou, crie Solo?
- C'est bien, tu es agressif, commence Grognon. Les morsures d'araignée à petite dose ont cet effet sur nous ici. Maintenant, va te défouler sur la voiture!

Solo aurait défoncé la figure à Grognon s'il n'était pas question de dragons et de vie ou de mort! Il court à toute vitesse vers la voiture renversée et boom! La voiture fait deux tonneaux avant de rebondir sur ses roues. Solo est très fort quand il est frustré!

Paul et Senfout, très surpris, ont couru vers la voiture.

- Tasse-toi, commence Paul, il est hors de question que tu conduis!

Mais il était trop tard. Senfout était déjà au volant! Par chance, les clés étaient dans le contact. Il y avait juste un problème, ses pieds étaient trop courts pour rejoindre les pédales. Pas de problème, Grognon et Solo sont venus à la rescousse.

Paul n'avait pas de choix, il a pris le banc du passager et lancé les sirènes et les gyrophares, enfin, ce qu'il en restait. C'est avec beaucoup de vacarmes entre les gyrophares et les collisions en chemin que Paul et les Papas ont fait leur entrée dans la bataille.

La voiture attire l'attention d'un dragon qui la poursuit à grandes bouffées de flammes. Senfout est au volant, Grognon sur le frein et Solo sur l'accélérateur. Paul n'a pas le temps de regretter d'être monté dans la voiture, il s'accroche de son mieux. Il regarde dans le rétroviseur et voit William repousser les flammes des autres dragons avec son épée. Il est ému et fier de son petit maître.

Guillaume enrage, malgré tous ses dragons, tous ses guerriers de pierres, il n'a pas encore gagné! Mais où sont ses guerriers? Il sent la chaleur d'une immense flamme le frôler. Son dragon esquive la flamme et perd l'équilibre. Quoi? Serait-ce un dragon rebelle?

Il se retourne et voit un grand géant vert écraser ses guerriers avec ses pieds. Dans sa main droite, elle tient un flambeau qu'elle souffle en tempête de feu contre les dragons. C'est la Dame de la liberté qui est finalement arrivée!

William n'a pas idée qui est ce géant, mais il sait reconnaître un allié. Il profite de l'arrivée de la Statue de la Liberté pour s'esquiver.

Guillaume n'a quitté le champ de bataille que pour un bref instant et William a disparu! Il a plus pressant, il faut écraser la géante verte, guerrière à la flamme. Il ordonne à ses dragons d'attaquer la Dame de la liberté. L'un après l'autre, les dragons foncent et crachent des flammes, mais la Dame de la Liberté se défend bien par ses esquisses rapides, en assommant les dragons avec son flambeau.

Guillaume n'en revient pas, va-t-il perdre cette bataille? Il fonce vers la Dame avec son dragon en espérant la surprendre par derrière alors qu'elle est occupée avec les attaques des autres dragons.

C'est à ce moment que William s'abat sur lui. William avait profité des diversions pour gravir les gratte-ciels et saisit le moment opportun pour arrêter Guillaume.

En sautant sur le dragon, William a déstabilisé le vol du dragon qui zigzague et finit par s'écraser au sol, en projetant William et Guillaume.

Les 2 garçons roulent plusieurs mètres avant de s'immobiliser l'un à côté de l'autre. Guillaume est le premier qui reprend ses esprits. Il voit William à terre et voit Excalibur qui les séparent. Il saute sur l'épée.

- Je t'avais dit de ne pas te mettre sur mon chemin, crie Guillaume en levant l'épée dans les airs. Maintenant, c'est trop tard pour toi!

Guillaume allait porter le coup fatal à William quand un oiseau géant en os ui dérobe Excalibur. Il se retourne et voit Ohlala, Lalune, Lasoupe et Grand-Papa.

Il voit le livre magique dans les mains d'Ohlala. Tout le monde est contre lui! Tant pis, tout le monde va payer!

Guillaume fonce avec rage droit sur Ohlala et lui arrache le livre des mains.

Lalune et Lasoupe ont bien essayé de l'arrêter, mais Guillaume est plus fort, il les a envoyés mordre la poussière. Il ne restait que Grand-Papa pour tenir tête à Guillaume qui grossissait à vue d'oeil, gonflé par sa rage incontrôlable.

Guillaume prend le livre et s'en sert comme arme. Il s'apprête à frapper Grand-Papa. William court de toutes ses forces pour protéger cet homme qu'il ne reconnaît pas, mais qu'il aime profondément.

C'est William qui reçoit le livre en pleine figure. Le coup est très violent et assomme William, le laissant sans connaissance. Le coup était si violent qu'il a secoué le livre magique et laissé échapper un gros nuage de poussière.

Guillaume reconnaît ce nuage magique, c'est le temps pour lui d'en finir avec les araignées, avec les Papas, avec William, avec toute cette ville en ruine! Il ramasse le livre à terre, l'ouvre et regarde les pages jaunies. Il n'a rien pour écrire, mais cela ne l'arrêtera pas. Il regarde sa main droite couverte de sueur et de poussière magique.

Il regarde autour de lui avec dédain, William, les Papas, Grand-Papa et la ville en ruine. D'un mouvement déterminé, il enfonce sa main dans les pages du livre en y imprimant chacune des empreintes digitales de ses doigts, de sa solitude, de sa douleur et surtout, de sa rage.

La magie prend forme immédiatement et aspire toute la poussière magique en formant une tornade géante. Elle aspire dans le livre les guerriers de pierre à proximité. La tornade grossit et tourne de plus en plus vite.

Les dragons sont tous aspirés dans la tornade, même celui aux trousses de Paul et des Papas. La tornade tourne de plus en plus vite. Tous les guerriers de pierres venus dans la ville de New York sont avalés par la tornade.

Guillaume a peur, il veut lâcher le livre, mais lui aussi est aspiré par la tornade qui balaie New York des envahisseurs. Même l'araignée Tonnerre handicapé et ces quelques araignées sauvages ont été aspirées par la tornade qui s'enfonce dans les pages jaunies du livre.

Guillaume, les araignées, les dragons, les guerriers, tous tournent et tournent dans les entrailles de la tornade qui s'enfonce de plus en plus dans le livre. Le livre avale tout!

Paul donne un grand coup de pied sur la couverture pour le refermer. Grand-Papa s'empresse de fermer le cadenas de la couverture. C'est fini!

Ceci est **AU PAYS DES PAPAS 2.** Bienvenu(e) aux Alphas.

Dr BAK NGUYEN

ÉPILOGUE

par WILLIAM BAK & Dr BAK NGUYEN

Guillaume est parti pour toujours, avec ses guerriers de pierre et ses dragons. Tant que le cadenas restera fermé, il n'embêtera plus personne.

Grand-Papa se sent mal d'avoir enfermé un enfant, même imaginaire, dans un livre. Son propre père, James Grimbal, l'avait recommandé ainsi. Guillaume était l'enfant à naître de l'auteur.

Personne autre que Grand-Papa ne connaît la vraie histoire de Guillaume et, pour dire vrai, tout le monde sans fout! Alors que Paul sécurise le livre de Guilaume, les Papas sont autour de William pour l'aider à se relever et à se remémorer.

William est très sonné, mais il va bien. Il n'a toujours pas ses souvenirs, mais il se rappelle très bien d'avoir mangé un coup sur la figure. Il voit Grand-Papa, souriant. Il ne sait toujours pas pourquoi il aime tant cet homme, mais il l'aime de tout son coeur! Grand-Papa serre William fort dans ses bras.

William entend japper, il se retourne et voit Hush qui l'accueille chaleureusement. Il s'agenouille pour l'embrasser, elle lui lèche le visage abondamment. William est heureux, il sait que c'est son chien, son amie!

William lève les yeux. Il voit Senfout et Solo qui se disputent le volant de l'auto-patrouille. Il voit Grognon, les bras croisés qui lui sourit. Derrière il y a Lalune et Lasoupe qui essaient de rallier les dinosaures qui couraient librement dans les rues, la Dame de la Liberté avait déjà mis en pièces les plus gros et les plus méchants.

William entend les propos sans fin de Lavoix qui explique aux autorités ce qui est arrivé. Tout les inspecteurs le fuient. Et devant lui est un gentil visage doux d'un lutin légèrement efféminé. William lui sourit. En réponse, il reçoit une bonne claque!

- Mais, qu'est-ce que... s'écrie William
- Bon, je devais essayer, commence Ohlala, ça n'a pas marché!

Et tous rient de bon coeur.

- Ophelia, ne me fais plus ça, dit William en essuyant une larme.

- Comment as-tu dit que je m'appelais, reprend Ohlala!
- Ophelia… je ne sais pas pourquoi je t'appelle comme ça, continue William.
- Et moi, c'est quoi mon nom, demande un des lutins?
- Toi, tu n'arrêtes jamais de parler, c'est Lavoix, répond William.
- Solo, Senfout, Grognon, Hush, Paul, Grand-Papa, William connaissait les noms de tout le monde.

William n'avait pas retrouvé ses vieux souvenirs, mais il a eu le temps d'apprendre tous les noms depuis la station de métro. Il sait aussi qu'on le nomme William. Il aime et il est aimé, voilà l'important!

- Et maintenant petit, dit Senfout d'une voix hésitante, tu dois te réveiller.

Tous se retournent et voient le beau couché de soleil orange à l'horizon.

- Si tu ne reviens pas dans ton monde avant la tombée du jour, continue Grognon en étouffant un sanglot, tu seras pris ici à jamais avec nous.
- Tu vas nous manquer, dit Ohlala, lui ne cachait pas sa peine.
- Je sais que je dois me réveiller, mais comment, demande William?

Grand-Papa s'approche très ému. Il n'essuie même pas ses larmes. Il tend un autre livre, vieux avec un cadenas, pas à William, mais à Ohlala.

- Au bas de la couverture de cuir, il y a une inscription. Lis-là tout haut, demande Grand-Papa.

William s'approche d'Ohlala. Senfout, Solo, Grognon, Lalune, Lasoupe, Lavoix, tous sont silencieux pour entendre ce qui va suivre. O-P-H-E-L-I-A-G-R-I-M-B-A-L.

Est-ce possible? C'est pour cette raison que Ohlala pouvait écrire dans le livre et que la magie s'opérait, Ohlala est une fille, la jumelle de Guillaume, l'autre enfant à naître de James Grimbal.

Si Papa Intello était ici, il aurait tout expliqué, mais il est retourné au Pays des Papas avec les Onkas. C'est Grand-Papa qui a donné les explications. Tous se retournent et voit une petite princesse tenir le livre. Ophelia a repris sa forme, celle qu'elle avait oubliée.

Elle s'approche de William et lui tend une plume pour qu'il écrive son nom dans le livre magique. William prend la plume avec beaucoup d'émotions. Il hésite.

Senfout et Solo lui soufflent W-I-L-L-I-A-M, non sans larme. Grognon le regarde, les yeux lourds d'émotions. Hush pleure. Grand-Papa s'approche et l'embrasse tendrement.

- C'est pour le mieux mon petit, murmure Grand-Papa, jamais je ne t'oublierai.
- Je ne vous oublierai jamais, lance William, chacun de vous, même si la mémoire me manque pour vos noms, je sais qui vous êtes dans mon coeur.

William écrit son nom dans le livre. Il se réveille dans son lit.

***

William a fait un long rêve. Tout de suite, il court dans la chambre de ses parents. Sa mère dort encore et son père n'est pas là. W lliam s'inquiète, il court en bas et retrouve Dr Bak à son bureau. Il venait de finir un nouveau livre!

William s'approche et lit sur le manuscrit: **AU PAYS DES PAPAS, PAR WILLIAM BAK ET DR BAK NGUYEN.**

- Je peux, papa, demande William?
- Bien sûr, c'est plus ton livre que le mien, répond son père très, très fier.

William passe au travers des chapitres, tout est là, Senfout, Solo, Grognon, Ohlala, Baveux. Mais qu'est-ce qui est arrivé à Baveux?

William va directement à la fin du livre pour lire l'épilogue, ce qui se passe après que l'histoire principale soit finie.

Et bien Baveux est resté en prison jusqu'à ce que New York soit remise en ordre, les inspecteurs ne voulaient pas le relâcher. C'est finalement Paul qui est venu le libérer, juste avant son mariage.

- Mariage? Avec qui, je n'ai jamais écris ça, murmure William!

Après le départ de William, Ophelia a offer à tous les papas de les ramener au Pays des Papas. Lalune et Lasoupe sont repartis. La Dame de la Liberté était très tentée, mais elle a préféré revenir sur son île.

Édith ne s'est pas réveillée. Ophelia a tout essayé, mais il n'y avait rien à faire pour Édith. Baveux et Lavoix, très tristes, ont lancé l'idée du *premier baiser* pour la réveiller. Baveux l'a embrassée.

Rien. Lavoix fut le second. La belle Édith est restée inerte et froide. C'est finalement quand Paul est venu présenté ses respects qu'Édith s'est réveillée. Paul ne l'avait même pas encore embrassée!

Baveux et Lavoix sont restés très, très gênés et très heureux en même temps de revoir Édith. Ils ont simplement fermé les yeux quand Paul a finalement embrassé Édith sur la bouche.

En fait, Baveux était libre, mais après que Paul ait embrassé Édith, il a fait toute une scène et il est resté en prison jusqu'au jour du mariage. Paul a marié la belle Édith et ils vivent la fin magique des contes de fée… avec les feux d'artifices, les invités, la fête et le gâteau!

Baveux et Lavoix ont élu domicile au-dessus de leur garage! Paul n'était pas content, mais il a compris qu'il n'y pouvait rien. Édith aime ses hommes!

Ophelia a aidé à nettoyer la ville et elle est devenue la nouvelle meilleure amie de Hush. Elle rend visite à Grand-Papa à chaque jour.

Senfout est devenu policier. Il est devenu très ami avec l'inspecteur en chef et il aide à coordonner les vas-et-viens entre les habitants du Pays des Papas et de la grande-ville. Ophelia a laissé des passages ouverts pour les habitants des 2 mondes.

Solo, lui a reprit sa barque, mais pas sur le lac. Il fait maintenant les allées-retours entre New York et l'île de la belle Dame de la Liberté. Lui-aussi est tombé amoureux, mais il n'a pas encore eu le courage d'avouer son amour.

Et Grognon? Seul Papa Grognon est revenu au Pays des Papas. Ophelia lui a confié une mission secrète que personne n'a réussi à percer. Il est revenu vivre dans sa petite maison, avec sa marmite!

Fin.

Et William, que garde-t-il de cette aventure? Quelle est la recette des papas parfaits? En regardant son père, il sait que les papas ne sont pas parfaits, même s'il y a des papas faits sur mesure pour chaque enfant, donc des papas parfaits pour des enfants parfaits. Mais des enfants parfaits, ça n'existe pas non plus!

À la fin du premier volume, William a compris qu'il n'y avait pas de papa parfait. Il faut juste qu'ils soient présent. Isolé et laissé à lui-même dans un 2e rêve, entouré de papas et de Grand-Papa, sans oublier Paul, quelle est maintenant la recette des papas parfaits pour William?

William a perdu tous ces souvenirs et malgré cela, il aimait encore. C'est ça la magie des papas et des fistons! Oubliez la perfection, cherchez l'amour! Aimez et faites-vous aimer, la recette des papas et des grands-papas parfaits repose sur cette équation:

AIMER ET SE FAIRE AIMER, OU SE LAISSER AIMER, DANS LE CAS DE CERTAINS... MÈNE À LA RECETTE DE LA PERFECTION.

WILLIAM BAK & DR BAK NGUYEN

Ceci est **AU PAYS DES PAPAS 2.** Bienvenu(e) aux Alphas.

Dr BAK NGUYEN

P.S.: Au milieu de la nuit, la lune est claire dans cette ville énorme. Dans un ciel sans nuage et étoilé, une éclaire frappe le sol de la métropole. Il est enfin arrivé, l'éternel errant, l'ange sans ailes. Éto est à New York.

ANNEXE

GLOSSAIRE DU Dr BAK

1

1SELF -080

REINVENT YOURSELF FROM ANY CRISIS

BY Dr. BAK NGUYEN

In 1SELF is about to reinvent yourself to rise from any crisis. Written in the midst of the COVID war, now more than ever, we need hope and the know-how to bridge the future. More than just the journey of Dr. Bak, this time, Dr. Bak is sharing his journey with mentors and people who built part of the world as we know it. Interviewed in this book, CHRISTIAN TRUDEAU, former CEO and FOUNDER of BCE EMERGIS (BELL CANADA), he also digitalized the Montreal Stock Exchange.RON KLEIN, American Innovator, inventor of the magnetic stripe of the credit card, of MLS (Multi-listing services) and the man who digitalized WALL STREET bonds markets.ANDRE CHATELAIN, former first vice-president of the MOVEMENT DESJARDINS. Dr. JEAN DE SERRES, former CEO of HEMA QUEBEC. These men created billions in values and have changed our lives, ever without us knowing. They all come together to share their experiences and knowledge to empower each and everyone to emerge stronger from this crisis, from any crisis.

AFTERMATH -063
BUSINESS AFTER THE GREAT PAUSE
BY Dr. BAK NGUYEN & Dr. ERIC LACOSTE

In AFTERMATH, Dr. Bak joins forces with Community leader and philanthrope Dr. Eric Lacoste. Two powerful minds and forces of nature in the reaction to the worst economic meltdown in modern times. We are all victims of the CORONA virus. Both just like humans have learned to adapt to survive, so is our economy. Most business structures and management philosophies are inherited from the age of industrialization and beyond. COVID-19 has shot down the world economy with months. At the time of the AFTERMATH, the truth is many corporations and organizations will either have to upgrade to the INFORMATION AGE or disappear. More than the INFORMATION upgrade, the era of SOCIAL MEDIA and the MILLENNIALS are driving a revolution in the core philosophy of all organizations. Profit is not king anymore, support is. In this time and age where a teenager with a social account can compete with the million dollars PR firm, social implication is now the new cornerstone. Those who will adapt will prevail and prosper, while the resistance and old guards will soon be forgotten as fossils of a past era.

ALPHA DENTISTRY vol. 1 -104
DIGITAL ORTHODONTIC FAQ
BY Dr. BAK NGUYEN

In ALPHA DENTISTRY, DIGITAL ORTHODONTICS FAQ, Dr. Bak is looking to democratize the science of dentistry, starting with orthodontic. In a word, he is sharing everything a patient needs to know on the matter in FAQ form. In order to make the knowledge complete and universal, Dr. Bak has invited Alpha Dentists from all around the world to join in and to answer the same question. With Alpha Dentist from America and Europe, ALPHA DENTISTRY is the first effort to create a universal knowledge in the field of dentistry, starting with orthodontics. ALPHA DENTISTRY, DIGITAL ORTHODONTICS FAQ is in response to the COVID crisis, the shortage of staff crisis, and the effort to unify dentistry to the Information Age, as discussed in RELEVANCY and COVIDCONOMICS, THE DENTAL INDUSTRY.

ALPHA DENTISTRY vol. 1 -109
DIGITAL ORTHODONTIC FAQ ASSEMBLED EDITION

USA ▪ SPAIN ▪ GERMANY ▪ INDIA ▪ CANADA

BY Dr. BAK NGUYEN, Dr. PAUL OUELLETTE, Dr. PAUL DOMINIQUE, Dr. MARIA KUNSTADTER, Dr. EDWARD J. ZUCKERBERG Dr. MASHA KHAGHANI, Dr. SUJATA BASAWARAJ, Dr. ALVA AURORA, Dr. JUDITH BÄUMLER, and Dr. ASHISH GUPTA

In ALPHA DENTISTRY, DIGITAL ORTHODONTICS FAQ, Dr. Bak is democratizing the science of dentistry, starting with orthodontics. In a word, he is sharing everything a patient needs to know on the matter in FAQ form, simple words you'll understand.10 International Alpha Doctors, from USA, Spain, Germany, India, and Canada are joining forces to make the knowledge complete and universal. ALPHA DENTISTRY is the first effort to create a universal knowledge in the field of dentistry, this is the orthodontics volume. This is the most ambitious book project in the History of Dentistry. ALPHA DENTISTRY is in response to the COVID crisis, the shortage of staff crisis, and the effort to unify dentistry to the Information Age, as discussed in RELEVANCY and COVIDCONOMICS, THE DENTAL INDUSTRY.

ALPHA DENTISTRY vol. 1 -113
DIGITAL ORTHODONTIC FAQ INTERNATIONAL EDITION

ENGLISH ▪ SPANISH ▪ GERMAN ▪ HINDI ▪ FRANÇAIS

BY Dr. BAK NGUYEN, Dr. PAUL OUELLETTE, Dr. PAUL DOMINIQUE, Dr. MARIA KUNSTADTER, Dr. EDWARD J. ZUCKERBERG, Dr. MASHA KHAGHANI, Dr. SUJATA BASAWARAJ, Dr. ALVA AURORA, Dr. JUDITH BÄUMLER, and Dr. ASHISH GUPTA

In ALPHA DENTISTRY, DIGITAL ORTHODONTICS FAQ, Dr. Bak is democratizing the science of dentistry, starting with orthodontics. In a word, he is sharing everything a patient needs to know on the matter in FAQ form, simple words you'll understand.10 International Alpha Doctors, from USA, Spain, Germany, India, and Canada are joining forces to make the knowledge complete and universal. ALPHA DENTISTRY is the first effort to create a universal knowledge in the field of dentistry, this is the orthodontics volume. This is the most ambitious book project in the History of Dentistry. ALPHA DENTISTRY is in response to the COVID crisis, the shortage of staff crisis, and the effort to unify dentistry to the Information Age, as discussed in RELEVANCY and COVIDCONOMICS, THE DENTAL INDUSTRY.

ALPHA LADDERS -075
CAPTAIN OF YOUR DESTINY
BY Dr. BAK NGUYEN & JONAS DIOP

In ALPHA LADDERS, Dr. Bak is sharing his private conversation and board meetings with 2 of his trusted lieutenants, strategist Jonas Diop and international Counsellor, Brenda Garcia. As both the Dr. Bak and ALPHA brands are gaining in popularity and traction, it was time to get the movement to the next level. Now, it's about building a community and to help everyone willing to become ALPHAS to find their powers. Dr. Bak is a natural recruiter of ALPHAS and peers. He also spent the last 20 years plus, training and mentoring proteges. Now comes the time to empower more and more proteges to become ALPHAS. ALPHAS LADDERS is the journey of how Dr. Bak went from a product of Conformity to rise into a force of Nature, know as a kind tornado. In ALPHA LADDERS Jonas pushed Dr. Bak to retrace each of the steps of his awakening, steps that we can breakdown and reproduce for ourselves. The goal is to empower each willing individual to become the ultimate Captain of his or her destiny, and to do it, again and again. Welcome to the Alphas.

ALPHA LADDERS 2 -081
SHAPING LEADERS AND ACHIEVERS
BY Dr. BAK NGUYEN & BRENDA GARCIA

In ALPHA LADDERS 2, Dr. Bak is sharing the second part of his private conversation and board meetings with his trusted lieutenants. This time it is with international Counsellor, Brenda Garcia that the dialogue is taking place. In this second tome, the journey is taken to the next level. If the first tome was about the WHYs and the HOWs at an individual level, this tome is about the WHYs and the HOWs at the societal level. Through the lens of her background in international relations and diplomacy, Brenda now has the mission to help Dr. Bak establish structures, not only for his emerging organization and legacy, THE ALPHAS, but to also inspire all the other leaders and structures of our society. To do this, Brenda is taking Dr. Bak on an anthropological, sociological and philosophical journey to revisit different historical key moments in various fields and eras, going as far back as in ancient Greece at the dawn of democracy, all the way to the golden era of modern multilateralism embodied by the UN structure. Learning from the legacies of prominent figures going from Plato to Ban Ki Moon, Martin Luther King or Nelson Mandela, to Machiavelli, Marx and Simone de Beauvoir, Brenda and Dr. Bak are attempting to grasp the essence of structure and hierarchy, their goal being to empower each willing individual to become the ultimate Captain of their own success, to climb up the ladders no matter how high it is, and to build their legacy one step at a time.

AMONGST THE ALPHAS -058

BY Dr. BAK NGUYEN, with Dr. MARIA KUNDSTATER, Dr. PAUL OUELLETTE and Dr. JEREMY KRELL

In AMONGST THE ALPHAS Dr. Bak opens the blueprint of the next level with the hope that everyone can be better, bigger, wiser, but above all, a philosophy of Life that if, well applied, can bring inspiration to life. The Alphas rose in the midst of the COVID war as an International Collaboration to empower individuals to rise from the global crisis. Joining Dr. Bak are some of the world thinkers and achievers, the Alphas. Doctors, business people, thinkers, achievers, influencers, they are coming together to define what is an Alpha and his or her role, making the world a better place. This isn't the American dream, it is the human dream, one that can help you make History.Joining Dr. Bak are 3 Alpha authors, Dr. Maria Kundstater, Dr. Paul Ouellette and Dr. Jeremy Krell. This book started with questions from coach Jonas Diop. Welcome to the Alphas.

AMONGST THE ALPHAS vol.2 -059
ON THE OTHER SIDE

BY Dr. BAK NGUYEN with Dr. JULIO REYNAFARJE, Dr. LINA DUSEVICIUTE and Dr. DUC-MINH LAM-DO

In AMONGST THE ALPHAS 2, Dr. Bak continues to explore the meaning of what it is to be an Alpha and how to act amongst Alphas, because as the saying taught us: alone one goes fast, together we goes far. Some people see the problem. Some people look at the problem, some people created the problem. Some people leverage the problem into solutions and opportunities. Well, all of those people are Alphas. Networking and leveraging one another, their powers and reach are beyond measure. And one will keep the other in line too. Joining Dr. Bak are 3 Alphas from around the world coming together to share and collaborate, Dr. DUSEVICIUTE, Dr. LAM-DO and Dr. REYNAFARJE. This isn't the American dream, it is the human dream, one that can help you make History. Welcome to the Alphas.

AU PAYS DES PAPAS -106

BY Dr. BAK NGUYEN & WILLIAM BAK

On ne nait pas papa. On le devient. Dans sa quête d'être le meilleur papa possible pour William, Dr. Bak monte au pays des papas avec William à la recherche du papa parfait. Comme pour tout dans la vie, il doit exister une recette pour faire des papas parfaits. AU PAYS DES PAPAS est le récit des souvenirs des papas que Dr. Bak a croisé avant, alors et après qu'il soit devenu papa lui aussi. Une histoire drôle et innocente pour un Noël magique, ceci est la nouvelle aventure de William et de son papa, le Dr. Bak. Entre les livres de poulet, LEGENDS OF DESTINY et les des livres parentaux de Dr. Bak, AU PAYS DES PAPAS nous amène dans le monde magique de ces êtres magiques qui forgent des rêves, des vies et des destins.

AU PAYS DES PAPAS 2 -108
BY Dr. BAK NGUYEN & WILLIAM BAK

On ne nait pas papa, ça on le sait après le premier voyage AU PAYS DES PAPAS. Suite à leur première expédition, Dr. Bak et William ont compris qu'il n'y a pas de papas parfaits ni de recette pour faire des papas parfaits. Pourtant, les papas parfaits existent! Dans ce 2e récit AU PAYS DES PAPAS, William revient avec son papa, Dr. Bak, mais cette fois, c'est William qui dirige l'expédition. Même s'il n'existe pas de recette pour faire des papas parfaits, il doit toutefois exister des façons de rendre son papa meilleur, version 2.0! C'est la nouvelle quête de William et du Dr. Bak, à la recherche de la mise-à-jour parfaite pour le meilleur papa 2.0 possible! William est déterminé à tout pour trouver la recette cette fois-ci! AU PAYS DES PAPAS 2 est le nouveau récit des aventures père-fils du Dr. Bak et de William Bak, après AU PAYS DES PAPAS 1, les livres de poulets, LEGENDS OF DESTINY et les BOOKS OF LEGENDS.

B

BOOTCAMP -071
BOOKS TO REWRITE MINDSETS INTO WINNING STATES OF MIND
BY Dr. BAK NGUYEN

In BOOTCAMP 8 BOOKS TO REWRITE MINDSETS INTO WINNING STATES OF MIND, Dr. Bak is taking you into his past, before the visionary entrepreneur, before the world records, before the Industry's disruptor status. Here are 8 of the books that changed Dr. Bak's thinking and, therefore, reset his evolution into the course we now know him for. BOOTCAMP: 8 BOOKS TO REWRITE MINDSETS INTO WINNING STATES OF MIND, is a Bootcamp of 8 weeks for anyone looking to experience Dr. Bak's training to become THE Dr. BAK you came to know and love. This book will summarize how each title changed Dr. Bak mindset into a state of mind and how he applied that to rewrite his destiny. 8 books to read, that's 8 weeks of Bootcamp to access the power of your MIND and of your WILL. Are you ready for a change?

BRANDING -044
BALANCING STRATEGY AND EMOTIONS
BY Dr. BAK NGUYEN

BRANDING is communication to its most powerful state. Branding is not just about communicating anymore but about making a promise, about establishing a relation, about generating an emotion. More than once, Dr. Bak proved himself to be a master, communicating and branding his ideas into flags attracting interest and influences, nationally and internationally. In BRANDING, Dr. Bak shares a very unique and personal journey, branding Dr. Bak. How does he go from Dr. Nguyen, a loved and respected dentist to becoming Dr. Bak, a world anchor hosting THE ALPHAS in the medical and financial world?More than a personal journey, BRANDING helps to break down the steps to elevate someone with nothing else but the force of his or her spirit. Welcome to the Alphas.

CHANGING THE WORLD FROM A DENTAL CHAIR -007
BY Dr. BAK NGUYEN

Since he has received the EY's nomination for entrepreneur of the year for his startup Mdex & Co, Dr. Bak Nguyen has pushed the opportunity to the next level. Speaker, author, and businessman, Dr. Bak is a true entrepreneur and industries' disruptor. To compensate for the startup's status of Mdex & Co, he challenged himself to write a book based on the EY's questionnaire to share an in-depth vision of his company. With "Changing the World from a dental chair" Dr. Bak s sharing his thought process and philosophy to his approach to the industry. Not looking to revolutionize but rather to empower, he became, despite himself, an industries disruptor: an entrepreneur who has established a new benchmark. Dr. Bak Nguyen is a cosmetic dentist and visionary businessman who won the GRAND HOMAGE prize of "LYS de la Diversité" 2016, for his contribution as a citizen and entrepreneur in the community. He also holds recognitions from the Canadian Parliament and the Canadian Senate.

In 2003, he founded Mdex, a dental company upon which in 2018, he launched the most ambitious private endeavour to reform the dental industry, Canada wide. He wrote seven books covering ENTREPRENEURSHIP, LEADERSHIP, QUEST of IDENTITY, and now, PROFESSION HEALTH. Philosopher, he has close to his heart the quest of happiness of the people surrounding him, patients, and colleagues alike. Those projects have allowed Dr. Nguyen to attract interests from the international and diplomatic community and he is now the centre of a global discussion on the wellbeing and the future of the health profession. It is in that matter that he shares with you his thoughts and encourages the health community to share their own stories.

CHAMPION MINDSET -039
LEARNING TO WIN
BY Dr. BAK NGUYEN & CHRISTOPHE MULUMBA

CHAMPION MINDSET is the encounter of the business world and the professional sports world. Industries' Disruptor Dr. BAK NGUYEN shares his wisdom and views with the HAMMER, CFL Football Star, Edmonton's Eskimos CHRISTOPHE MULUMBA on how to leverage on the champion mindset to create successful entrepreneurs. Writing and challenging each other, they discovered the parallels and the difference of both worlds, but mainly, the recipe for leveraging from one to succeed in the other, from champions and entrepreneurs to WINNERS. Build and score your millions, it is a matter of mindset! This is CHAMPION MINDSET.

EMPOWERMENT -069
BY Dr. BAK NGUYEN

In EMPOWERMENT, Dr. Bak's 69th book, writing a book every 8 days for 8 weeks in a row to write the next world record of writing 72 books/36 months, Dr. Bak is taking a rest, sharing his inner feelings, inspiration, and motivation. Much more than his diary, EMPOWERMENT is the key to walk in his footsteps and to comprehenc the process of an overachiever. Dr. Bak's helped and inspired countless people to find their voice, to live their dream, and to be the better version of themselves. Why is he sharing as much and keep sharing? Why is he going that fast, always further and further, why and how is he keeping his inspiration and momentum? Those are all the answers EMPOWERMENT will deliver to you. This book might be one of the fastest Dr. Bak has written, not because of time constraints but from inspiration, pure inspiration to share and to grow. There is always a dark side to each power, two faces to a coin. Well, this is the less prominent facets of Dr. Bak Momentum and success, the road to his MINDSET.

F

FORCES OF NATURE -015
FORGING THE CHARACTER OF WINNERS
BY Dr. BAK NGUYEN

In FORCES OF NATURE, Dr. Bak is giving his all. This is his 15 books written within 15 months. It is the end of a marathon to set the next world record. For the occasion, he wanted to end with a big bang! How about a book with all of his biggest challenges? A Quest of Identity, a journey looking for his name and powers, Dr. Bak is borrowing with myths and legends to make this journey universal. Yes, this is Dr Bak's mythology. Demons, heroes and Gods, there are forces of Nature that we all meet on our way for our name. Some will scare us, some will fight us, some will manipulate us. We can flee, we can hide, we can fight. What we do will define our next encounter and the one after. A tale of personal growth, a journey to find power and purpose, Dr. Bak is showing us the path to freedom, the Path of Life. Welcome to the Alphas.

H

HORIZON, BUILDING UP THE VISION -045
VOLUME ONE
BY Dr. BAK NGUYEN

Dr. Bak is opening up at your demand! Many of you are following Dr. Bak online and are asking to know more about his lifestyle. This is how he has chosen to respond: sharing his lifestyle as he traveled the world and what he learned in each city to come to build his Mindset as a driver and a winner. Here are 10 destinations (over 69 that will be following in the next volumes...) in which he shares his journey. New York, Quebec, Paris, Punta Cana, Monaco, Los Angeles, Nice, Holguin, the journey happened over twenty years.

HORIZON, ON THE FOOTSTEP OF TITANS -048
VOLUME TWO
BY Dr. BAK NGUYEN

Dr. Bak is opening up at your demand! Many of you are following Dr. Bak online and are asking to know more about his lifestyle. This is how he has chosen to respond: sharing his lifestyle as he traveled the world and what he learned in each city to come to build his Mindset as a driver and a winner. Here are 9 destinations (over 72 that will be following in the next volumes...) in which he shares his journey. Hong Kong, London, Rome, San Francisco, Anaheim, and more..., the journey happened over twenty years. Dr. Bak is sharing with you his feelings, impressions, and how they shaped his state of mind and character into Dr. Bak. From a dreamer to a driver and a builder, the journey started since he was 3. Wealth is a state of mind, and a state of mind is the basis of the drive. Find out about the mind of an Industry's disruptor.

HORIZON, DREAMING OF THE FUTURE -068
VOLUME THREE
BY Dr. BAK NGUYEN

Dr. Bak is back. From the midst of confinement, he remembers and writes about what life was, when traveling was a natural part of life. It will come back. Now more than ever, we need to open both our hearts and minds to fight fear and intolerance. Writing from a time of crisis, he is sharing the magic and psychological effect of seeing the world and how it has shaped his mindset. Here are 9 other destinations (over 75) in which he shares his journey. Beijing, Key West, Madrid, Amsterdam, Marrakech and more…, the journey happened over twenty years.

HOW TO TO BOOST YOUR CREATIVITY TO NEW HEIGHTS -088
BY Dr. BAK NGUYEN

In HOW TO BOOST YOUR CREATIVITY TO NEW HEIGHTS, Dr. Bak is sharing his secrets of creativity and insane production pace with the world. Up to lately, Dr. Bak shared his secrets about speed and momentum but never has he opened up about where he gets his inspiration, time and time again. To celebrate his new world record of writing 100 books in 4 years, Dr. Bak is joined by his proteges strategist Jonas Diop, international counsellor Brenda Garcia and prodigy William Bak for the writing of his secrets on creativity. Brenda, Jonas and William all have witnessed Dr Bak creativity. This time, they will stand in to ask the right questions to unleash that creative power in ways for others for follow the trail. Part of the MILLION DOLLAR MINDET series, HOW TO BOOST YOUR CREATIVITY TO NEW HEIGHTS is Dr. Bak's open book to one of his superpower.

HOW TO NOT FAIL AS A DENTIST -047
BY Dr. BAK NGUYEN

In HOW TO NOT FAIL AS A DENTIST, Dr. Bak is given 20 plus years of experience and knowledge of what it is to be a dentist on the ground. PROFESSIONAL INTELLIGENCE, FINANCIAL INTELLIGENCE and MANAGEMENT INTELLIGENCE are the fields that any dentist will have to master for a chance to success and a shot for happiness practicing dentistry. Where ever you are starting your career as a new graduate or a veteran in the field looking to reach the next level, this is book smart and street smart all into one. This is Million Dollar Mindset applied to dentistry. We won't be making a millionaire out of you from this book, we will be giving you a shot to happiness and success. The million will follow soon enough.

HOW TO WRITE A BOOK IN 30 DAYS -042
BY Dr. BAK NGUYEN

In HOW TO WRITE YOUR BOOK IN 30 DAYS, Dr. Bak has crafted writing skills and techniques that can be shared and mastered. This book is mainly about structure and how to keep moving forward, avoiding the hit of the INSPIRATION WALL. You will find a wealth of wisdom from his experience writing your first, second, or even 10th book. Dr. Bak is sharing his secrets writing books, having written himself 72 books within 36 months. Visionary businessman, doctor in dentistry, Dr. Bak describes himself as a Dentist by circumstances, a communicator by passion, and an entrepreneur by nature.

HOW TO WRITE A SUCCESSFUL BUSINESS PLAN -049
BY Dr. BAK NGUYEN & ROUBA SAKR

In HOW TO WRITE A SUCCESSFUL BUSINESS PLAN, Dr. Bak is given 20 plus years of experience and knowledge of what it is to be an entrepreneur and more importantly, how to have the investors and banks on your side. Being an entrepreneur is surely not something you learn from school, but there are steps to master so you can communicate your views and vision. That's the only way you will have financing.Writing a business is only not a mandatory stop only for the bankers, but an essential step to every entrepreneur, to know the direction and what's coming next. A business plan is also not set in stone, if there is a truth in business is that nothing will go as planned. Writing down your business plan the first time will prepare you to adapt and to overcome the challenges and surprises. For most entrepreneurs, a business is a passion. To most investors and all banks, a business is a system. Your business plan is the map to that system. However unique your ideas and business are, the mapping follows the same steps and pattern.

HUMILITY FOR SUCCESS -051
BALANCING STRATEGY AND EMOTIONS
BY Dr. BAK NGUYEN

HUMILITY FOR SUCCESS is exploring the emotional discomforts and challenges champions, and overachievers put themselves through. Success is never done overnight and on the way, just like the pain and the struggles aren't enough, we are dealing with the doubts, the haters, and those who like to tell us how to live our lives and what to do. At the same time, nothing of worth can be achieved alone. Every legend has a cast of characters, allies, mentors, companions, rivals, and foes. So one needs the key to social behaviour. HUMILITY FOR SUCCESS is exploring the matter and will help you sort out beliefs from values, peers from friends. Humility is much more about how we see ourselves than how others see us. For any entrepreneur and champion, our daily is to set our mindset right, and to perfect our skills, not to fit in. There is a world where CONFIDENCE grows is in synergy with HUMILITY. As you set the right label on the right belief, you will be able to grow and to leave the lies and haters far behinds. This is HUMILITY FOR SUCCESS.

HYBRID -011
THE MODERN QUEST OF IDENTITY
BY Dr. BAK NGUYEN

IDENTITY -004
THE ANTHOLOGY OF QUESTS
BY Dr. BAK NGUYEN

What if John Lennon was still alive and running for president today? What kind of campaign will he be running? IDENTIFY -THE ANTHOLOGY OF QUESTS is about the quest each of us has to undertake, sooner or later, THE QUEST OF IDENTITY. Citizen of the world, aim to be one, the one, one whole, one unity, made of many. That's the anthology of life! Start with your one, find your unity, and your legend will start. We are all small-minded people anyway! We need each other to be one! We need each other to be happy, so we, so you, so I, can be happy. This is the chorus of life. This is our song! Citizens of the world, I salute you! This is the first tome of the IDENTITY QUEST. FORCES OF NATURE (tome 2) will be following in SUMMER 2021. Also under development, Tome 3 - THE CONQUEROR WITHIN will start production soon.

INDUSTRIES DISRUPTORS -006
BY Dr. BAK NGUYEN

INDUSTRIES DISRUPTORS   is a strange title, one that sparkles mixed feelings. A disruptor is someone making a difference, and since we, in general, do not like change, the label is mostly negative. But a disruptor is mostly someone who sees the same problem and challenge from another angle. The disruptor will tackle that angle and come up with something new from something existent. That's evolution! In INDUSTRIES DISRUPTORS, Dr. Bak is joining forces with James Stephan-Usypchuk to share with us what is going on in the minds and shoes of those entrepreneurs disrupting the old habits. Dr. Bak is changing the world from a dental chair, disrupting the dental, and now the book industry. James is a maverick in the Intelligence space, from marketing to Artificial Intelligence. Coming from very different backgrounds and industries, they end up telling very similar stories. If disruptors change the world, well, their story proves that disruptors can be made and forged. Here's the recipe. Here are their stories.

K

KRYPTO -040
TO SAVE THE WORLD
BY Dr. BAK NGUYEN & ILYAS BAKOUCH

L

L'ART DE TRANSFORMER DE LA SOUPE EN MAGIE -103
PAR Dr. BAK NGUYEN

Dans L'ART DE TRANSFORMER DE LA SOUPE EN MAGIE, Dr. Bak remonte aux sources pour connaître la source de son génie et la recette qui a été transféré à son fils, William Bak, auteur et record

214

mondial dès l'âge de 8 ans. Docteur en médecine dentaire, entrepreneur, écrivain record mondial, musicien, Dr. Bak est d'abord et avant tout un fils qui a une maman qui croit en lui. L'ART DE TRANSFORMER DE LA SOUPE EN MAGIE est dédié à la recette du génie, celle qui pousse une mère a mijoté les ingrédients de l'espoir dans un bouillon d'amour, à y ajuster un zeste de bonheur et un brin d'ambition. Dans la lignée des livres parentaux de Dr. Bak, L'ART DE TRANSFORMER DE LA SOUPE EN MAGIE est dédié à la première femme dans sa vie, celle qui a tracé son destin et celle qui l'a cultivée.

LEADERSHIP -003
PANDORA'S BOX
BY Dr. BAK NGUYEN

LEADERSHIP, PANDORA'S BOX is 21 presidential speeches for a better tomorrow for all of us. It aims to drive HOPE and motivation into each and every one of us. Together we can make the difference, we hold such power. Covering themes from LOYALTY to GENEROSITY, from FREEDOM and INTELLIGENCE to DOUBTS and DEATH, this is not the typical presidential or motivational speeches that we are used to. LEADERSHIP PANDORA'S BOX will surf your emotions first, only to dive with you to touch the core and soul of our meaning: to matter. This is not a Quest of Identity, but the cry to rally as a species, to raise our heads toward the future, and to move forward as a WHOLE. Not a typical Dr. Bak's book, LEADERSHIP, PANDORA'S BOX is a must-read for all of you looking for hope and purpose, all of us, citizens of the world.

LEVERAGE -014
COMMUNICATION INTO SUCCESS
BY Dr. BAK NGUYEN

In LEVERAGE COMMUNICATION TO SUCCESS, Dr. Bak shares his secret and mindsets to elevate an idea into a vision and a vision into an endeavour. Some endeavours will be a project, some others will become companies, and some will grow into a movement. It does not matter, each started with great communication.Communication is a very vast concept, education, sale, sharing, empowering, coaching, preaching, entertaining. Those are all different kinds of communication. The intent differs, the audiences vary, the messages are unique but the frame can be templated and mastered. In LEVERAGE COMMUNICATION TO SUCCESS, Dr. Bak is loyal to his core, sharing only what he knows best, what he has done himself. This book is dedicated to communicating successfully in business.

LEGENDS OF DESTINY vol.1 -101
THE PROLOGUES OF DESTINY
BY Dr. BAK NGUYEN & WILLIAM BAK

The war between the forces of death and the legions of life lasted for centuries, ravaging most of the twin planets, Destiny and Earth. The end was so imminent that even the Gods got involved to save life from eternal doom.Heroes rise and fall from all sides. Some fight for good, others, for evil. Gods, titans, angels, demons all took sides in the war. Gods fight and kill other gods. Angel fights alongside demons, striking down Gods and Titans, and rival angels. The war lasted for so long that no one even remembers what they were fighting for. Some fight for domination while others, just to survive,. The war ravages Destiny, the twin sister of planet Earth to the brink of annihilation. All eyes now turn to Earth. As the balance of the creation itself hands in the balance, a species emerges as holding the balance to victory: mankind. For the future of Humanity, of Gods and men and everything in between, this is the last stand of Destiny, a last chance for life.

LEGENDS OF DESTINY vol.2 -107
THE BOOK OF ELVES
BY Dr. BAK NGUYEN & WILLIAM BAK

Caught between the Orcs invading from the center of Destiny, the Angels raining down and the Demons eating from within, the Elves are turning from their old beliefs and Gods for salvation. For Millennials, Elves turned to Odin and the Forces of Nature for answers and guidance. Since the imminent destruction of their kingdoms and cities, a new God is offering Hope, Kal, the old God of fire. Kal gave them more than Hope, he gave the elves who turned to him passage to a new world. But more than hope, more than fear, Elves value honour and Destiny. At least their old guards and heroes do. With their world crumbling down, the rise of the new and younger generations, Elf's society seem to be at the crossroad of evolution. It is convert or die. Or die fighting or die kneeling. The Book of Elves is the story of a civilization facing its fate at the blink of destruction.

216

M

MASTERMIND, 7 WAYS INTO THE BIG LEAGUE -052

BY Dr. BAK NGUYEN & JONAS DIOP

MASTERMIND, 7 WAYS INTO THE BIG LEAGUE is the result of the encounter of business coach Jonas Diop and Dr. Bak. As a professional podcaster and someone always seeking the truth and ways to leverage success and performance, coach Jonas is putting Dr. Bak to the test, one that should reveal his secret to overachieve month after month, accumulating a new world record every month. Follow those two great minds as they push each other to surpass themselves, each in their own way and own style. MASTERMIND, 7 WAYS INTO THE BIG LEAGUE is more than a roadmap to success, it is a journey and a live testimony as you are turning the pages, one by one.

MIDAS TOUCH -065
POST-COVID DENTISTRY

BY Dr. BAK NGUYEN, Dr. JULIO REYNAFARJE AND Dr. PAUL OUELLETTE

MIDAS TOUCH, is the memoir of what happened in the ALPHAS SUMMIT in the midst of the GREAT PAUSE as great minds throughout the world in the dental field are coming together. As the time of competition is obsolete, the new era of collaboration is blooming. This is the 3rd book of the ALPHAS, after AFTERMATH and RELEVANCY, all written in the midst of confinement. Dr. Julio Reynafarje is bearing this initiative, to share with you the secret of a successful and lasting relationship with your patients, balancing science and psychology, kindness, and professionalism. He personally invited the ALPHAS to join as co-author, Dr. Paul Ouellette, and Dr. Paul Domirique, and Dr. Bak.Together, they have more than 100 years of combined experience, wisdom, trade, skills, philosophy, and secrets to share with you to empower you in the rebuilding of the dental profession in the aftermath of COVID. RELEVANCY was about coming together and to rebuild the future. MIDAS TOUCH is about how to build, one treatment plan at a time, one story at a time, one smile at a time.

MINDSET ARMORY -050

BY Dr. BAK NGUYEN

MINDSET ARMORY is Dr. Bak's 49th book, days after he completed his world record of writing 48 books within 24 months, on top of being a CEO of Mdex & Co and a full-time cosmetic dentist. Dr. Bak is undoubtedly an OVERACHIEVER. From his last books, he has shared more and more of his lifestyle and how it forged his winning mindset. Within MINDSET ARMORY, Dr. Bak is sharing with us his tools, how he found them, forged them, and leverage them. Just like any warrior needs a shield, a sword, and a ride, here are Dr. Bak's. For any entrepreneur, the road to success is a long and winding journey. On the way, some will find allies and foes. Some allies will become foes, and some foes might become allies. In today's competitive world, the only constant is change. With the right tool, it is possible to achieve. The right tool, the right mindset. This is MINDSET ARMORY.

MIRROR -085

BY Dr. BAK NGUYEN

MIRROR is the theme for a personal book. Not only to Dr. Bak but to all of us looking to reach beyond who and what we actually are. MIRROR is special in the fact that it is not only the content of the book that is of worth but the process in which Dr. Bak shared his own evolution. To go beyond who we are, one must grow every day. And how do you compare your growth and how far have you reach? Looking in the mirror. In all of Dr. Bak's writing, looking at the past is a trap to avoid at all costs. Looking in the mirror, is that any better? Share Dr. Bak's way to push and keep pushing himself without friction nor resistance. Please read that again. To evolve without friction or resistance… that is the source of infinite growth and the unification of the Quest for Power and the Quest of Happiness.

MOMENTUM TRANSFER -009

BY Dr. BAK NGUYEN & Coach DINO MASSON

How to be successful in your business and in your life? Achieve Your Biggest Goals With MOMENTUM TRANSFER. START THE BUSINESS YOU WANT - AND BRING IT NEXT LEVEL! GET THE LIFE YOU ALWAYS WANTED - AND IMPROVE IT! TAKE ANY PROJECTS YOU HAVE - AND MAKE IT THE BEST! In this powerful book, you'll discover what a small business owner learned from a millionaire and successful entrepreneur. He applied his mentor's principles and is explaining them in full detail in this book. The small business owner wrote the book he has always wanted to read and went from the verge of bankruptcy to quadrupling his revenues in less than 9 months and improve his personal life by increasing his energy and bring back peacefulness. Together, the millionaire and the small business owner are sharing their most valuable business and life lessons to the world. The most powerful book to increase your momentum in your business and your life introduces simple and radical life-changing concepts: Multiply your business revenues by finding the Eye of your Momentum - Increase your energy by building and feeding your own Momentum - How to increase your confidence with these simple steps - How to transfer your new powerful energy into other aspects of your business and life - How to set goals and achieve them (even crush them!)- How to always tap into an effortless and limitless force within you- And much, much more!

P

PLAYBOOK INTRODUCTION -055
BY Dr. BAK NGUYEN

In PLAYBOOK INTRODUCTION, Dr. Bak is open the door to all the newcomers and aspirant entrepreneurs who are looking at where and when to start. Based on questions of two college students wanting to know how to start their entrepreneurial journey, Dr. Bak dives into his experiences to empower the next generation, not about what they should do, but how he, Dr. Bak, would have done it today. This is an important aspect to recognize in the business world, the world has changed since the INFORMATION AGE and the advent of the millenniums into the market. Most matrix and know-how have to be adapted to today's speed and accessibility to the information. We are living at the INFORMATION AGE, this book is the precursor to the ABUNDANCE AGE, at least to those open to embrace the opportunity.

PLAYBOOK INTRODUCTION 2 -056
BY Dr. BAK NGUYEN

In PLAYBOOK INTRODUCTION 2, Dr. Bak continuing the journey to welcome the newcomers and aspirant entrepreneurs looking at where and when to start. If the first volume covers the mindset, the second is covering much more in-depth the concept of debt and leverage.This is an important aspect to recognize in the business world, the world has changed since the INFORMATION AGE and the advent of the millenniums into the market. Most matrix and know-how have to be adapted to today's speed and accessibility to the information. We are living at the INFORMATION AGE, this book is the precursor to the ABUNDANCE AGE, at least to those open to embrace the opportunity.

POWER -043
EMOTIONAL INTELLIGENCE
BY Dr. BAK NGUYEN

IN POWER, EMOTIONAL INTELLIGENCE, Dr. Bak is sharing his experiences and secrets leveraging on his EMOTIONAL INTELLIGENCE, a power we all have within. From SYMPATHY, having others opening up to you, to ACTIVE LISTENING, saving you time and energy; from EMPATHY, allowing you to predict the future to INFLUENCE, enabling you to draft the future, not to forget the power of the crowd with MOMENTUM, you are now in possession of power in tune with nature, yourself. It is a unique take on the subject to empower you to find your powers and your destiny. Visionary businessman, doctor in dentistry, Dr. Bak describes himself as a Dentist by circumstances, a communicator by passion, and an entrepreneur by nature.

POWERPLAY -078
HOW TO BUILD THE PERFECT TEAM
BY Dr. BAK NGUYEN

In POWERPLAY, HOW TO BUILD THE PERFECT TEAM, Dr. Bak is sharing with you his experience, perspective, and mistake traveling the journey of the entrepreneur. A serial entrepreneur himself, he started venture only with a single partner as team to build companies with a director of human resources and a board of directors. POWERPLAY is not a story, it is the HOW TO build the perfect team, knowing that perfection is a lie. So how can one build a team that will empower his or her vision? How to recruit, how to train, how to retain? Those are all legitimate questions. And all of those won't matter if the first question isn't answered: what is the reason for the team? There is the old way to hire and the new way to recruit. Yes, Human Resources is all about mindset too! This journey is one of introspection, of leadership, and a cheat sheet to build, not only the perfect team but the team that will empower your legacy to the next level.

PROFESSION HEALTH - TOME ONE -005
THE UNCONVENTIONAL QUEST OF HAPPINESS
BY Dr. BAK NGUYEN, Dr. MIRJANA SINDOLIC, Dr. ROBERT DURAND AND COLLABORATORS

Why are health professionals burning out while they give the best of themselves to heal the world? Dr. Bak aims to break the curse of isolation that health professionals face and establish a conversation to start the healing process. PROFESSION HEALTH is the basis of an ongoing discussion and will also serve as an introduction to a study lead by Professor Robert Durand, DMD, MSc Science from University of Montreal, study co-financed by Mdex and the Federal Government of Canada. Co-writers are Dr. Mirjana Sindolic, Professor Robert Durand, Dr. Jean De Serres, MD and former President of Hema Quebec, Counsel-Minister Luis Maria Kalaff Sanchez Dr. Miguel Angel Russo, MD, Banker Anthony Siggia, Banker Kyles Yves, and more… This is the first Tome of three, dedicated to help "WHITE COATS" to heal and to find their happiness.

R

REBOOT -012
MIDLIFE CRISIS
BY Dr. BAK NGUYEN

MidLife Crisis is a common theme to each of us as we reach the threshold. As a man, as a woman, why is it that half of the marriages end up in recall? If anything else would have half those rates of failure, the lawsuits wou d be raining. Where are the flaws, the traps? Love is strong and pure, why is marriage not the reflection of that? All hard to ask questions with little or no answers. Dr Bak is sharing his reflections and findings as he reached himself the WALL OF MARRIAGE. This is a matter that affects all of our lives. It is time for some answers.

RELEVANCY - TOME TWO -064
REINVENTING OURSELVES TO SURVIVE
BY Dr. BAK NGUYEN & Dr. PAUL OUELLETTE AND COLLABORATORS

THE GREAT PAUSE was a reboot of all the systems of society. Many outdated systems will not make it back. The Dental Industry is a needed one, it has laid on complacency for far too long. In an age where expertise is global and democratized and can be replaced with technologies and artificial intelligence, the REBOOT will force not just an update, but an operating system replacement and a firmware upgrade.First, they saved their industry with THE ALPHAS INITIATIVE, sharing their knowledge and vision freely to all the world's dental industry. With the OUELLETTE INITIATIVE, they bought some time to all the dental clinics to resume and to adjust. The warning has been given, the clock is now ticking who will prevail and prosper and who will be left behind, outdated and obsolete?

RISING -062
TO WIN MORE THAN YOU ARE AFRAID TO LOSE
BY Dr. BAK NGUYEN

In RISING, TO WIN MORE TAN YOU ARE AFRAID TO LOSE, Dr. Bak is breaking down the strategy to success to all, not only those wearing white coats and scrubs. More than his previous book (SUCCESS IS A CHOICE), this one is covering most of the aspects of getting to the next level, psychologically, socially, and financially. Rising is broken down into three key strategies: Financial Leverage - Compressing time - Always being in control. Presented by MILLION DOLLAR MINDSET, the book is covering more than the ways to create wealth, but also how to reach happiness and to live a life without regrets. Dr. Bak the CEO and founder of Mdex & Co, a company with the promise of reforming the whole dental industry for the better. He wrote more than 60 books within 30 months as he is sharing his experiences, secrets, and wisdom.

S

SELFMADE -036
GRATITUDE AND HUMILITY
BY Dr. BAK NGUYEN

This is the story of Dr. Bak, an artist who became a dentist, a dentist who became an Entrepreneur, an Entrepreneur who is seeking to save an entire industry.In his free time, Dr. Bak managed to write 37 books and is a contender to 3 world records to be confirmed. Businessman and visionary, his views and philosophy are ahead of our time. This is his 37th book. In SELFMADE, Dr. Bak is answering the questions most entrepreneurs want to know, the HOWTO and the secret recipes, not just to succeed, but to keep going no matter what! SELFMADE is the perfect read for any entrepreneurs, novices, and veterans.

SHORTCUT vol. 1 - HEALING -093

BY Dr. BAK NGUYEN

In SHORTCUT 408 HEALING QUOTES, Dr. Bak revisits and compiles his journey of healing and growing. Just anyone, he was molded and shaped by Conformity and Society to the point of blending and melting. Walking his journey of healing, he rediscovers himself and found his true calling. And once whole with himself and with the Universe, Dr. Bak found his powers. In SHORTCUT 408 HEALING QUOTES, you have a quick and easy way to surf his mindsets and what allowed him to heal, to find back his voice and wings, and to walk his destiny. You too are walking your Quest of Identity. That one is mainly a journey of healing. May you find yours and your powers.

SHORTCUT vol. 2 - GROWING -094

BY Dr. BAK NGUYEN

In SHORTCUT 408 GROWTH QUOTES, Dr. Bak is compiling his library of books about personal growth and self-improvement. More than a motivational book, more than a compilation of knowledge, Dr. Bak is sharing the mindsets upon which he found his power to achieve and to overachieve. We all have our powers, only they were muted and forgotten as we were forged by Conformity and Society. After the healing process, walking your Quest of Identity, the Quest for you growth and God given power is next to lead you to walk your Destiny.

SHORTCUT vol. 3 - LEADERSHIP -095

BY Dr. BAK NGUYEN

In SHORTCUT 365 LEADERSHIP QUOTES, Dr. Bak is compiling his library of books about leadership and ambition. Yes, the ambition is to find your worth and to make the world a better place for all of us. If the 3rd volume of SHORTCUT is mainly a motivational compilation, it also holds the secrets and mindsets to influence and leadership. If you were looking to walk your legend and to impact the world, you are walking a lonely path. You might on your own, but it does not have to be harder than it is. As we all have your unique challenges, the key to victory is often found in the same place, your heart. And here are 365 shortcuts to keep you believing and to attract more people to you as you are growing into a true leader.

SHORTCUT vol. 4 - CONFIDENCE -096

BY Dr. BAK NGUYEN

SHORTCUT 518 CONFIDENCE QUOTES, is the most voluminous compilation of Dr. Bak's quotes. To heal was the first step. To grow and find your powers came next. As you are walking your personal legend, Confidence is both your sword and armour to conquer your Destiny and to overcome all of the challenges on your way. In SHORTCUT volume four, Dr. Bak comprises all his mindsets and wisdom to ease your ascension. Confidence is not something one is simply born with, but something to nurture, grow, and master. Some will have the chance to be raised by people empowering Confidence, others will have to heal from Conformity to grow their confidence. It does not matter, only once Confident, can one stand tall and see clearly the horizon.

SHORTCUT vol. 5- SUCCESS -097
BY Dr. BAK NGUYEN

Success is not a destination but a journey and a side effect. While no map can lead you to success, the right mindset will forge your own success, the one without medals nor labels. If you are looking to walk your legend, to be successful is merely the beginning. Actually, being successful is often a side effect of the mindsets and actions that you took, you provoked. In SHORTCUT 317 SUCCESS QUOTES, Dr. Bak is revisiting his journey, breaking down what led him to be successful despite the odds stacked against him. As success is the consequence of mindsets, choices, and actions, it can be duplicated over and over again, one just needs to master the mindsets first.

SHORTCUT vol. 6- POWER -098
BY Dr. BAK NGUYEN

That's the kind of power that you will discover within this journey. Power is a tool, a leverage. Well used, it will lead to great achievements. Misused, it will be your downfall. If a sword sometimes has 2 edges, Power is a sword with no handle and multiple edges. You have been warned. In SHORTCUT 376 POWER QUOTES, Dr. Bak is compiling all the powers he found and mastered walking his own legend. If the first power was Confidence, very quickly, Dr. Bak realized that Confidence was the key to many, many more powers. Where to find them, how to yield them, and how to leverage these powers is the essence of the 6th volume of SHORTCUT.

SHORTCUT vol. 7- HAPPINESS -099
BY Dr. BAK NGUYEN

We were all born happy and then, somehow, we lost our ways and forgot our ways home. Is this the real tragedy behind the lost paradise myth? If we were happy once, we can trust our heart to find our way home, once more. This is the journey of the 7th volume of the SHORTCUT series. In SHORTCUT 306 HAPPINESS QUOTES, Dr. Bak is revisiting and compiling all the secrets and mindsets leading to happiness. Happiness is not just a destination but a shrine for Confidence and a safe place to regroup, to heal, to grow. We each have our own happiness. What you will learn here is where to find yours and, more importantly, how to leverage you to ease the journey ahead, because happiness is not your final destination. It can be the key to your legend.

SHORTCUT vol. 8- DOCTORS -100

BY Dr. BAK NGUYEN

If healing was the first step to your destiny and powers, there is a science to heal. Those with that science are doctors, the healers of the world. In India, healers are second only to the Gods! In SHORTCUT 170 DOCTOR QUOTES, Dr. Bak is dedicating the 8th volume of the series to his peers, doctors, from all around the world. Doctors too, have to walk their Quest of Identity, to heal from their pain and to walk their legend. Doctors need to heal and rejuvenate to keep healing the world. If healing is their science, in SHORTCUT, they will access the power of leveraging.

SUCCESS IS A CHOICE -060
BLUEPRINTS FOR HEALTH PROFESSIONALS

BY Dr. BAK NGUYEN

In SUCCESS IS A CHOICE, FINANCIAL MILLIONAIRE BLUEPRINTS FOR HEALTH PROFESSIONALS, Dr. Bak is breaking down the strategy to success for all those wearing white coats and scrubs: doctors, dentists, pharmacists, chiropractors, nurses, etc. Success is broken down into three key strategies: Financial Leverage - Compressing time - Always being in control. Presented by MILLION DOLLAR MINDSET, the book is covering more than the ways to create wealth, but also how to reach happiness and to live a life without regrets.Dr. Bak is a successful cosmetic dentist with nearly 20 years of experience. He founded Mdex & Co, a company with the promise of reforming the whole dental industry for the better. While doing so, he discovered a passion for writing and for sharing. Multiple times World Record, Dr. Bak is writing a book every 2 weeks for the last 30 months This is his 60th book, and he is still practicing. How he does it, is what he is sharing with us, SUCCESS, HAPPINESS, and mostly FREEDOM to all Health Professionals.

SYMPHONY OF SKILLS -001

BY Dr. BAK NGUYEN

You will enlighten the world with your potential. I can't wait to see all the differences that you will have in our world. Remember that power comes with responsibility. We can feel in his presence, a genuine force, a depth of energy, confidence, innocence, courage, and intelligence. Bak is always looking for answers, morning and night, he wants to understand the why and the why not. This book is the essence of the man. Dr. Bak is a force of nature who bears proudly his title eHappy. The man never ceases smiling nor spreading his good vibe wherever he passes. He is not trapped in the nostalgia of the past nor the satisfaction of the present, he embodies the joy of what's possible, what's to come. The more we read, the more we share, and we live. That is Bak, he charms us to evolve and to share his points of view, and before we know it, we are walking by his side, a journey we never saw coming.

T

THE 90 DAYS CHALLENGE -061
BY Dr. BAK NGUYEN

THE 90 DAYS CHALLENGE, is Dr. Bak's journey into the unknown. Overachiever writing 2 books a month on average, for the last 30 months, ambitious CEO, Industries' Disruptor, Dr. Bak seems to have success in everything he touches. Everything except the control of his weight. For nearly 20 years, he struggles with an overweight problem. Every time he scored big, he added on a little more weight. Well, this time, he exposes himself out there, in real-time and without filter, accepting the challenge of his brother-in-law, DON VO to lose 45 pounds within 90 days. That's half a pound a day, for three months. He will have to do so while keeping all of his other challenges on track, writing books at a world record pace, leading the dental industry into the new ERA, and keep seeing his patients. Undoubtedly entertaining, this is the journey of an ALPHA who simply won't give up. But this time, nothing is sure.

THE BOOK OF LEGENDS -024
BY Dr. BAK NGUYEN & WILLIAM BAK

The Book of Legends vol. 1 the story behind the world record of Dr. Bak and his son, William Bak. All Dr. Bak had in mind was to keep his promise of writing a book with his son. They ended up writing 8 children's books within a month, scoring a new world record. William is also the youngest author having published in two languages. Those are world records waiting to be confirmed. History will say: to celebrate a first world record (writing 15 books / 15 months), for the love of his son, he will have scored a second world record: to write 8 books within a month! THE BOOK OF LEGENDS vol. 1 This is both a magical journey for both a father and a son looking to connect and to find themselves. Join Dr. Bak and William Bak in their journey and their love for Life!

THE BOOK OF LEGENDS 2 -041

BY Dr. BAK NGUYEN & WILLIAM BAK

THE BOOK OF LEGENDS vol. 2 is the sequel of "CINDERELLA" but a true story between a father and his son. Together they have discovered a bond and a way to connect. The first BOOK OF LEGENDS covered the time of the first four books they wrote together within a month. The second BOOK OF LEGENDS is covering what happened after the curtains dropped, what happened after reality kicked back in. If the first volume was about a fairy tale in vacation time, the second volume is about making it last in real Life. Share their journey and their love of Life!

THE BOOK OF LEGENDS 3 -086
THE END OF THE INNOCENCE AGE

BY Dr. BAK NGUYEN & WILLIAM BAK

THE BOOK OF LEGENDS 3 is a long work extending on almost 3 years. If the shocking duo known as Dr. Bak and prodigy William Bak has marked the imaginary writing world record upon world record, the story is not all pink. After the franchise of the CHICKEN BOOKS, William, now in his pre-teen years, wants to move away from the chicken tales. After 22 chicken books, a break is well deserved. that said, what is next? Both father and son thought that if they could do it once easily, they could do it again! They couldn't be any further from the truth. For 2 years, they were stuck in the quest for their next franchise of books. THE BOOK OF LEGENDS 3 started right around the end of the chicken franchise and would have ended with a failure if the book was to be released on time, holiday season of that year. t took the duo another year to complete their story to add the last chapters of this book, hoping to end with a happy ending. Unfortunately, not all story ends the way we wish... this is the dark tome of the series, where the imagination got eclipsed. Follow william and dr. bak in they fight to keep the magic and connection alive.

THE CONFESSION OF A LAZY OVERACHIEVER -089
REINVENT YOURSELF FROM ANY CRISIS

BY Dr. BAK NGUYEN

In THE CONFESSION OF A LAZY OVERACHIEVER, Dr. Bak is opening up to his new marketing officer, Jamie, fresh out of school. She is young, full of energy, and looking to chill and still to have it all. True to his character, Dr. Bak is giving Jamie some leeway to redefine Dr. Bak's brand to her demographic, the Millennials. This journey is about Dr. Bak satisfying the Millennials and answering their true questions in life. A rebel himself, his ambition to change the world started back on campus, some 25 years ago... then, life caught up with him. It took Dr. Bak 20 years to shake down the burdens of life, to spread his wings free from Conformity, and to start Overachieving. Doctor, CEO, and world record author, here is what Dr. Bak would have love to know 25 years ago as was still on campus. In a word, this is cheating your way to success and freedom.

And yes, it is possible. Success, Money, Freedom, it all starts with a mindset and the awareness of Time. Welcome to the Alphas.

THE ENERGY FORMULA -053
BY Dr. BAK NGUYEN

THE ENERGY FORMULA is a book dedicated to help each individual to find the means to reach their purpose and goal in Life. Dr. Bak is a philosopher, a strategist, a business, an artist, and a dentist, how does he do all of that? He is doing so while mentoring proteges and leading the modernization of an entire industry. Until now, Momentum and Speed were the powers that he was building on and from. But those powers come from somewhere too. From a guide of our Quest of Identity, he became an ally in everyone's journey for happiness. THE ENERGY FORMULA is the book revealing step by step, the logic of building the right mindset and the way to ABUNDANCE and HAPPINESS, universally. It is not just a HOW TO book, but one that will change your life and guide you to the path of ABUNDANCE.

THE MODERN WOMAN -070
TO HAVE IT HAVE WITH NO SACRIFICE
BY Dr. BAK NGUYEN & Dr. EMILY LETRAN

In THE MODERN WOMAN: TO HAVE IT ALL WITH NO SACRIFICE, Dr. Bak joins forces with Dr. Emily Letran to empower all women to fulfill their desires, goals, and ambition. Both overachievers going against the odds, they are sharing their experience and wisdom to help all women to find confidence and support to redefine their lives. Dr. Emily Letran is a doctor in dentistry, an entrepreneur, author, and CERTIFIED HIGH-PERFORMANCE coach. For an Asian woman, she made it through the norms and the red tapes to find her voice. As she learned and grew with mentors, today she is sharing her secret with the energy that will motivate all of the female genders to stand for what they deserve. Alpha doctor, Bak is joining his voice and perspective since this is not about gender equality, but about personal empowerment and the quest of Identity of each, man and woman. Once more, Dr. Bak is bringing LEVERAGE and REASON to the new social deal between man and woman. This is not about gender, but about confidence.

THE POWER BEHIND THE ALPHA -008
BY TRANIE VO & Dr. BAK NGUYEN

It's been said by a "great man" that "We are born alone and we die alone." Both men and women proudly repeat those words as wisdom since. I apologize in advance, but what a fat LIE! That's what I learned and discovered in life since my mind and heart got liberated from the burden of scars and the ladders of society. I can have it all, not all at the same time, but I can have everything I put my mind and heart into. Actually, it is not completely true. I can have most of what I and Tranie put our minds into. Together, when we feel like one, there isn't much out of our reach. If I'm the mind, she's the heart; if I'm the Will, she's the means. Synergy is the core of our power.Tranie's aim is always Happiness. In Tranie's definition of life, there are no justifications, no excuses, no tomorrow. For Tranie, Happiness is measured by the minutes of every single day. This is why she's so strong and can heal people around her. That may also be why she doesn't need to talk much, since talking about the past or the future is, in her mind, dimming down the magic of the present, the Now. We both respect and appreciate that we are the whole balancing each other's equation of life, of love, of success. I was the plus and the minus, then I became the multiplication factor and grew into the exponential. And how is Tranie evolving in all of this? She is and always will be the balance. If anything, she is the equal sign of each equation.

THE POWER OF Dr. 066
THE MODERN TITLE OF NOBILITY
BY Dr. BAK NGUYEN, Dr. PAVEL KRASTEV AND COLLABORATORS

In THE POWER OF Dr., independent thinkers mean to exchange ideas. An idea can be very powerful if supported with a great work ethic. Work ethic, isn't that the main fabric of our white coats, scrubs, and title? In an era post-COVID where everything has been rebooted and that the healthcare industry is facing its own fate: to evolve or to be replaced, Dr. Bak and Dr. Pavel reveal the source of their power and their playbook to move forward, ahead.The power we all hold is our resilience and discipline. We put that for years at the service of our profession, from a surgical perspective. Now, we can harness that same power to rewrite the rules, the industry, and our future. Post-COVID, the rules are being rewritten, will you be part of the team or left behind? "You can be in control!" More than personal growth and a motivational book, THE POWER OF Dr. is an awakening call to the doctor you look at when you graduate, with hope, with honour, with determination.

THE POWER OF YES 010
VOLUME ONE: IMPACT
BY Dr. BAK NGUYEN

In THE POWER OF YES, Dr. Bak is sharing his journey opening up and embracing the world, one day at a time, one ask at a time, one wish at a time. Far from a dare, saying YES allowed Dr. Bak to rewrite his mindsets and to break all the boundaries. This book is not one written a few days or weeks, but the accumulation of a journey for 12 months. The journeys started as Dr. Bak said YES to his producer to go on stage and to speak... That YES opened a world of possibilities. Dr. Bak embraced each and every one of them. 12 months later, he is celebrating the new world record of writing 9 books written over a period of 12 months. To him, it will be a miss, missing the 12 on 12 mark. To the rest of the world, they just saw the birth of a force of nature, the Alpha force. THE POWER OF YES is comprised of all the introduction of the adult books written by Dr. Bak within the first 12 months. Chapter by chapter, you can walk in his footstep seeing and smelling what he has. This is reality literature with a twist of POWER. THE POWER OF YES! Discover your potential and your power. This is the POWER OF YES, volume one. Welcome to the Alphas.

THE POWER OF YES 2 -037
VOLUME TWO: SHAPELESS
BY Dr. BAK NGUYEN

In THE POWER OF YES, volume 2, Dr. Bak is continuing his journey discovering his powers and influence. After 12 months embracing the world saying YES, he rose as an emerging force: he's been recognized as an INDUSTRIES DISRUPTOR, got nominated ERNST AND YOUNG ENTREPRENEUR OF THE YEAR, wrote 9 books within 12 months while launching the most ambitious private endeavour to reform his own industry, the dental field. Contender too many WORLD RECORDS, Dr. Bak is doing all of that in parallel. And yes, he is sleeping his nights and yes, he is writing his book himself, from the screen of his iPhone! Far from satisfied, Dr. Bak missed the mark of writing 12 books within 12 months and everything else is shaping and moving, and could come crumbling down at each turn. Now that Dr. Bak understands his powers, he is looking to test them and to push them to their limits, looking to keep scoring world records while materializing his vision and enterprises. This is the awakening of a Force of Nature looking to change the world for the better while having fun sharing. Welcome to the Alphas.

THE POWER OF YES 3 -046
VOLUME THREE: LIMITLESS
BY Dr. BAK NGUYEN

In THE POWER OF YES, volume 3, the journey of Dr. Bak continues where the last volume left, in front of 300 plus people showing up to his first solo event, a Dr. Bak's event. On stage and in this book, Dr. Bak reveals how 12 months saying YES to everything changed his life… actually, it was 18 months.From a dentist looking to change the world from a dental chair into a multiple times world record author, the journey of openness is a rendez-vous with Fate. Dr. Bak is sharing almost in real-time his journey, experiences, but above all, his feelings, doubts, and comebacks. From one book to the next, from one journey to the next, follow the adventure of a man looking to find his name, his worth, and his place in the world. Doing so, he is touching people Doing so, he is touching people and initiating their rises. Are you ready for more? Are you ready to meet your Fate and Destiny? Welcome to the Alphas.

THE POWER OF YES 4 -087
VOLUME FOUR: PURPOSE
BY Dr. BAK NGUYEN

In THE POWER OF YES, volume 4, the journey continues days after where the last volume left. After setting the new world record of writing 48 books within 24 months, Dr. Bak is not ready to stop. As volume one covers 12 months of journey, volume 2 covers 6 months. Well, volume 3 covers 4 months. The speed is building up and increasing, steadily. This is volume 4, RISING, after breaking the sound barrier. Dr. Bak has reached a state where he is above most resistance and friction, he is now in a universe of his own, discovering his powers as he walks his journeys. This is no fiction story or wishful thinking, THE POWER OF YES is the journey of Dr. Bak, from one world record to the next, from one book to the next. You too can walk your own legend, you just need to listen to your innersole and to open up to the opportunity. May you get inspiration from the legendary journey of Dr. Bak and find your own Destiny. Welcome to the Alphas.

THE RISE OF THE UNICORN -038
BY Dr. BAK NGUYEN & Dr. JEAN DE SERRES

In THE RISE OF THE UNICORN, Dr. Bak is joining forces with his friend and mentor, Dr. Jean De Serres. Together both men had many achievements in their respective industries, but the advent of eHappyPedia, THE RISE OF THE UNICORN is a personal project dear to both of them: the QUEST OF HAPPINESS and its empowerment. This book is a special one since you are witnessing the conversation between two entrepreneurs looking to change the world by building unique tools and media. Just like any enterprise the ride is never a smooth one in the park on a beautiful day. But this is about eHappyPedia, it is about happiness, right? So it will happen and with a smile attached to it! The unique value of this book is that you are sharing the ups and downs of the launch of a Unicorn, not just the glory of the fame, but also the doubts and challenges on the way. May it inspire you on your own journey to success and happiness.

THE RISE OF THE UNICORN 2 -076
eHappyPedia
BY Dr. BAK NGUYEN & Dr. JEAN DE SERRES

This is 2 years after starting the first tome. Dr. Bak's brand is picking up, between the accumulation of records and the recognition. eHappyPedia is now hot for a comeback. In THE RISE OF THE UNICORN 2, Dr. Bak is retracing and addressing each of Dr. Jean De Serres' concerns about the weakness of the first version of eHappyPedia and the eHappy movement. This is the sort of the creation and a UNICORN both in finance and in psychology. Never before, you will assist in such daily and decision-making process of a world phenomenon and of a company. Dr. Bak and Dr. De Serres are literally using the process of writing this series of books to plan and to brainstorm the birth of a bluechip. More than an intriguing story, this is the journey of 2 experienced entrepreneurs changing the world.

THE U.A.X STORY -072
THE ULTIMATE AUDIO EXPERIENCE
BY Dr. BAK NGUYEN

This is the story of the ULTIMATE AUDIO EXPERIENCE, U.A.X. Follow Dr. Bak's footstep on how he invented a new way to read and to learn. Dr. Bak brings his experience as a movie producer and a director to elevate the reading experience to another level with entertaining value and make it accessible to everyone, auditive, and visual people alike. Three years plus of research and development, countless hours of trials and errors, Dr. Bak finally solved his puzzle: having written more than 1.1 million words. The irony is that he does not like to read, he likes audiobooks! U.A.X. finally allowed the opening of Dr. Bak's entire library to a new genre and media. U.A.X. is the new way to learn and enjoy Audiobooks. Made to be entertaining while keeping the self-educational value of a book, U.A.X. will appeal to both auditive and visual people. U.A.X. is the blockbuster of the Audiobooks. The format has already been approved by iTunes, Amazon, Spotify, and all major platforms for global distribution and streaming.

THE VACCINE -077
BY Dr. BAK NGUYEN & WILLIAM BAK

In THE VACCINE, A TALE OF SPIES AND ALIENS, Dr. Bak reprise his role as mentor to William, his 10 years-old son, both as co-author and as doctor. William is living through the COVID war and has accumulated many, many questions. That morning, they got out all at once. From a conversation between father and son, Dr. Bak is making science into words keeping the interest of his son a Saturday morning in bed. William is not just an audience, he is responsible to map the field with his questions. What started as a morning conversation between father and son, became within the next hour, a great project, their 23rd book together. Learn about the virus, vaccination while entertaining your kids.

TIMING - TIME MANAGEMENT ON STEROIDS -074
BY Dr. BAK NGUYEN & WILLIAM BAK

In TIMING, TIME MANAGEMENT ON STEROIDS, Dr. Bak is sharing his secret to keep overachieving, overdelivering while raising the bar higher and higher. We all have 24 hours in a day, so how can some do so much more than others. Dr. Bak is not only sharing his secrets and mindset about time and efficiency, he is literally living his own words as this book is written within his last sprint to set the next world record of writing 100 books within 4 years, with only 31 days to go. With 8 books to write in 31 days, that's a little less than 4 days per book! Share the journey of a man surfing the change and looking to see where is the limit of the human mind, writing. In the meantime, understand his leverage, mindset, and secrets to challenge your own limits and dreams.

TO OVERACHIEVE EVERYTHING BEING LAZY -090
CHEAT YOUR WAY TO SUCCESS
BY Dr. BAK NGUYEN

In TO OVERACHIEVE EVERYTHING BEING LAZY, Dr. Bak retaking his role talking to the millennials, the next generation. If in the first tome of the series LAZY, Dr. Bak addresses the general audience of millennials, especially young women, he is dedicating this tome to the ALPHA amongst the millennials, those aiming for the moon and looking, not only to be happy but to change the world. This is not another take on how to cheat your way to success or how to leverage laziness, but this is the recipe to build overachievers and rainmakers. For the young leaders with ambitions and talent, understanding TIME and ENERGY are crucial from your first steps writing your our legend. If Dr. Bak had the chance to do it all over again, this is how he would do it! Welcome to the Alphas.

TORNADO -067
FORCE OF CHANGE
BY Dr. BAK NGUYEN

In TORNADO - FORCE OF CHANGE Dr. Bak is writing solo. In the midst of the COVID war, change is not a good intention anymore. Change, constant change has become a new reality, a new norm. From somebody who holds the title of Industries' Disruptor, how does he yield change to stay in control? Well, the changes from the COVID war are constant fear and much loss of individual liberty. Some can endure the change, some will ride it. Dr. Bak is sharing his angle of navigating the changes, yielding the improvisations, and to reinvent the goals, the means to stay relevant. From fighting to keep his companies Dr. Bak went on to let go the uncontrollable to embrace the opportunity, he reinvented himself to ride the change and create opportunities from an unprecedented crisis. This is the story of a man refusing to kneel and accept defeat, smiling back at faith to find leverage and hope.

TOUCHSTONE -073
LEVERAGING TODAY'S PSYCHOLOGICAL SMOG
BY Dr. BAK NGUYEN & Dr. KEN SEROTA

TOUCHSTONE, LEVERAGING TODAY'S PSYCHOLOGICAL SMOG is mapping to navigate and to thrive in today's high and constant stress environment. After 40 years in practice, Dr. Serota is concerned about the evolution of the career of health care professionals and the never-ending level of stress. What is stress, what are its effects, damages, and symptoms? If COVID-19 revealed to the world that we are fragile, it also revealed most of the broken and the flaws of our system. For now a century, dentistry has been a champion in depression, Drug addiction, and suicide rate, and the curve is far from flattening. Dr. Bak is sharing his perspective and experience dealing with stress and how to leverage it into a constructive force. From the stress of a doctor with no right to failure to the stress of an entrepreneur never knowing the future, Dr. Bak is sharing his way to use stress as leverage.

À PROPOS DES AUTEURS

Du Canada, le **Dr Bak NGUYEN**, nominé Entrepreneur de l'année Ernst & Young, Grand Hommage à Lys DIVERSITÉ, LinkedIn et TownHall, Achiever of the year et TOP100 docteurs du monde. Le Dr Bak est un dentiste cosmétique, PDG et fondateur de Mdex & Co. Son entreprise révolutionne le domaine dentaire. Conférencier et motivateur, il détient le record du monde d'écriture de 100 livres en 4 années, accumulant de nombreux records mondiaux (à être officialisés). Ses livres couvrent les sujets:

- **ENTREPRENEURSHIP**
- **LEADERSHIP**
- **QUÊTE D'IDENTITÉ**
- **DENTISTERIE ET MÉDECINE**
- **ÉDUCATION DES ENFANTS**
- **LIVRES POUR ENFANTS**
- **PHILOSOPHIE**

En 2003, il a fondé Mdex, une entreprise dentaire sur laquelle, en 2018, il a lancé l'initiative privée la plus ambitieuse afin de réformer l'industrie dentaire à l'échelle du Canada. Philosophe, il a à cœur la quête du bonheur des personnes qui l'entourent, patients et collègues. En 2020 il a lancé une initiative de collaboration internationale nommée les **ALPHAS** pour partager ses connaissances et pour que les entrepreneurs et les professionnels dentaires puissent se relever de la plus grande pandémie et dépression économique des temps modernes.

Ces projets ont permis au Dr Bak d'attirer les intérêts de la communauté internationale et diplomatique. Il est maintenant au centre d'une discussion mondiale sur le bien-être et l'avenir de la profession de la santé. C'est à ce propos qu'il partage ses réflexions et encourage la communauté des professionnels de la santé à partager leurs histoires.

"Ça ne vaut pas la peine de marcher seul! Ensemble, on peut y arriver."

Pour soutenir la créativité et le partage de la sagesse et la croissance personnelle, le Dr Bak dirige également l'avancement de l'Intelligence artificielle chez Emotive Monde Incorporé. En intégrant l'intelligence artificielle, le design et l'édition à son

237

flux de production, Emotive Monde est un leader mondial dans les univers de publication et de production d'histoires et de livres.

Les livres édités sont distribués par Amazon, Barnes & Noble, Apple Livres et Kindle. La société produit aussi des livres audio, nouvellement intégré en format combo pour les achats de copie papiers distribuées par Amazon et Barnes & Noble.

Sous la direction du Dr Bak, Emotive Monde a lancé le protocole Apollo, permettant aux auteurs d'écrire des livres en 24 heures de temps de travail, le protocole Echo, pour produire des livres audio comme celui-ci, et également de créer et de produire des blockbusters de livres audio, **U.A.X.** (Ultimate Audio Experience) en streaming sur Apple Music, Spotify et tous les principaux distributeurs musicaux.

Le Dr Bak, avec son implication dans Emotive Monde, encourage la voix individuelle des auteurs du monde et les aide à atteindre leurs marchés et leur public. Oui, le Dr Bak est un auteur, mais à travers Emotive Monde, il est également une maison d'édition et un studio de production.

Conférencier motivateur et entrepreneur en série, philosophe et auteur, de ses propres mots, le Dr Bak se décrit comme un dentiste par circonstances, un entrepreneur par nature et un communicateur par passion.

Il détient également des distinctions du Parlement canadien et du Sénat canadien.

Du Canada, **William Bak**, est un jeune prodige de 11 ans. À l'âge de 8 ans, il a co-écrit une série de livres pour enfants avec son père, le Dr Bak. Père et fils, ensemble, ils changent le monde, un esprit à la fois, en écrivant des livres pour enfants. William a, jusqu'à présent, co-écrit 28 livres.

Il a co-écrit les 11 livres de poulet en ANGLAIS, puis il a dû les traduire lui-même en FRANÇAIS. C'est ainsi qu'il a 22 livres de poulet. William a également co-écrit 2 livres sur l'éducation des enfants avec son père, **THE BOOK OF LEGENDS** volume 1, 2 et 3. En pleine crise sanitaire mondiale, William a de nouveau joint forces avec son père pour écrit un livre sur la vaccination, cette fois-ci encore, dans les 2 langues, Anglais et Français. Ce livre a aussi été traduit en Espagnol.

En 2022, William a co-écrit avec son père les 2 premiers livres de la nouvelle franchise de 9 livres : LEGENDS OF DESTINY. Il a aussi co-écrit la franchise des contes de Noël, AU PAYS DES PAPAS qui comprend 2 livres. Entre temps, William a aussi écrit son premier livre solo, PAPA J'SUIS PAS CON.

Pour promouvoir ses livres, William a embrassé la scène pour la première fois en 2019 pour parler à une foule de plus de 300 personnes. Depuis, il est apparu dans de nombreuses entrevues pour parler de ses livres et projets à venir.

Au milieu du COVID, il s'est ennuyé et a commencé son YOUTUBE CHANNEL: **GAMEBAK**, passant en revue les jeux vidéo. Fin 2020, il a rejoint les ALPHAS en tant que plus jeune animateur du prochain mouvement mondial, **COVIDCONOMICS**, dans lequel il donnera son point de vue et accueillera les opinions de sa génération.

"Je vais vous montrer. Je ne vais pas vous forcer.
Mais je ne vous attendrai pas."
- William Bak and Dr. Bak

En Écrivant avec son père, William détient des records du monde à officialiser:

- Le plus jeune auteur qui a écrit dans 2 langues
- Co-auteur de 8 livres en un mois
- Le premier enfant à avoir écrit 24 livres pour enfants

ULTIMATE AUDIO EXPERIENCE

Une nouvelle façon d'apprendre tout en se divertissant grâce aux films-audio. UAX est plus qu'un livre audio, ils ont été conçus afin de stimuler l'imaginaire afin de garder l'intérêt du public, même des gens visuels. Les UAX ont été conçus pour divertir tout en conservant le caractère éducatif des livres. Les film-audio UAX sont les blockbusters de l'univers des livres Audio.

La bibliothèque du Dr. Bak sera rendue disponibles en format UAX au cours des prochains mois. Des négociations sont aussi entamées pour ouvrir le format UAX à tous les auteurs désirant élargir leur audiences.

Découvrez l'expérience UAX dès aujourd'hui en streaming sur Spotify, Apple Music ainsi que chez tous les grands distributeurs de musiques digitales.

AMAZON - BARNES & NOBLE - APPLE BOOKS - KINDLE
SPOTIFY - APPLE MUSIC

243

C O M B O
PAPERBACK/AUDIOBOOK
ACTIVATION

Please register your book to receive the link to your audiobook version. Register at:
https://baknguyen.com/papas-2-registry

FROM THE SAME AUTHOR
Dr. Bak Nguyen

www.Dr.BakNguyen.com

CHILDREN'S BOOK
with William Bak

The Trilogy of Legends

THE SPIES AND ALIENS COLLECTION

PARENTING

SOCIETY

TEEN'S FICTION

with William Bak

LEGENDS OF DESTINY

THE POWER OF YES

TITLES AVAILABLE AT
www.Dr.BakNguyen.com

AMAZON - APPLE BOOKS - KINDLE - SPOTIFY - APPLE MUSIC

Depuis qu'il a marqué le record mondial d'avoir écrit 100 livres en 4 ans, Dr. Bak a décidé d'ouvrir son entière collection de livres audio et d'albums UAX aux membres VIPs pour un montant de

9.99$/mois.

Accédez aux livres audios en parallèle à leur écriture et soyez parmi les premiers à découvrir les prochains livres du Dr. Bak. Abonnez-vous dès aujourd'hui!

http://drbaknguyen.com/members

Bienvenu(e)s aux Alphas.

DR.

Bob Nguyen